국어과 선생님이 뽑은

한국문학읽기
한국고전읽기
세계문학읽기

국어과 선생님이 뽑은 알퐁스 도데 단편선

별 & 마지막 수업

dskimp2004@yahoo.co.kr 엮음

북·앤·북

국어과 선생님이 뽑은 알퐁스 도데 단편선
별 & 마지막 수업 외

초판 2쇄 | 2009년 10월 8일 발행

지은이 | 알퐁스 도데
옮긴이 | 그레이트북 편집팀
엮은이 | dskimp2004@yahoo.co.kr
교   정 | 이정민
디자인 | 인지숙
일러스트 | 이혜인 · 최유경
펴낸이 | 이경자
펴낸곳 | 북앤북

주소 | 서울 마포구 망원1동 380-57
전화 | 02-336-9948
팩시밀리 | 02-337-4315
등록 | 제 313-2008-000016호

ISBN 978-89-89994-49-7 03860
잘못된 책은 구입하신 서점에서 바꾸어 드립니다.

이 책에 수록된 작품은 〈동서 그레이트북〉 시리즈로
번역된 것을 개정 · 편집하였으며 표기는 '한글 맞춤법' 과
'외래어 표기법' 을 따랐습니다.

ⓒ2008 by Book & Book printed in Seoul, Korea

별 & 마지막 수업을

에게 드립니다

국어 선생님이 뽑은
세계 문학 읽기
⑦

알퐁스 도데

별·마지막 수업 外

차
례

그녀의 잠든 모습을 바라보는 나는

가슴이 설레지 않을 수 없었습니다.

하지만 이 밝고 거룩한 밤의 보호를
받으며 잠든 아가씨의 모습을

가만히 지켜보는 것 외에
다른 생각을 할 겨를이 없었습니다.

별

아름다운 뤼브롱 산에서 양치기를 하던 그 시절,
나는 몇 주 동안이나 아무도 만나지 못한 채 혼자 지
냈다. 내 곁을 지켜 주는 것은 오로지 라브리라는 개
와 양 떼뿐이었다. 가끔씩 약초를 캐러 가는 몽 드뤼
르의 수도사가 목장을 지나갔고 피에몽 산의 숯 굽는
사람이 시꺼먼 얼굴로 지나칠 때도 있었다.

그러나 그들은 세상을 등지고 살아온 탓인지 늘 조
용했으며 사람들과 대화하는 데 별 흥미를 느끼지 않
는 모양이었다. 그들은 산 아랫마을이나 도시의 화젯
거리에 대해 관심조차 없었다.

꼬마 미아로의 쾌활한 얼굴이나 늙은 노라드 아주
머니의 얼굴을 보는 것이 큰 기쁨이었다. 그러므로
보름마다 식량을 실어다 주는 주인집 나귀의 방울 소

리가 들릴 때면 기뻐서 어쩔 줄 몰랐
다. 나는 그들에게 아랫마을에서
일어난 이야기들을 전해 들었다. 그
들은 누가 세례를 받았다느
니, 누가 결혼을 했다느
니 하는 등의 소식을 전
해 주었던 것이다. 그러나 무엇보다 내가 궁금해하는
건, 근방에서 가장 아름다운 주인집 딸 스테파네트
아가씨의 소식이었다.

　나는 아가씨에 대한 관심을 겉으로 드러내지 않으
면서 그녀의 안부를 묻기도 했다. 요즘도 파티나 야
유회에 자주 가는지, 또 여전히 낯선 젊은이들이 찾
아와 아가씨에게 환심을 사려고 드는지 물어보았다.
그런 것들이 보잘것없는 목동인 나와 무슨 상관이냐
고 누군가 묻는다면 나는 이렇게 대답할 것이다. 내
나이도 이제 스무 살이 되었고, 스테파네트 아가씨는
지금까지 내가 본 사람 중에서 가장 아름다운 사람이
라고.

　어느 일요일, 도착해야 할 보름 치 식량이 아주 늦
게 도착한 일이 있었다. 아침나절만 해도 '아마 특별
미사가 있나 보다.' 하고 생각했다. 그런데 오후가 되자 갑자기 소나기가 쏟아지기 시작했다. 그리고 3시쯤에 나뭇잎에서 떨어지는 물방울 소리와 소나기로 넘쳐흐르는 골짜기의 물소리에 섞여 나귀의 방울 소리가 들려왔다. 마치 부활절에 울리는 종소리처럼 명랑하고 경쾌했다.

그런데 나귀를 몰고 온 것은 꼬마 미아로도, 노라드 아주머니도 아니었다. 그것은 다름 아닌 스테파네트 아가씨였다.

보름 치 식량 자루 사이에 반듯하게 앉아 이쪽을 향해 다가오는 스테파네트 아가씨는 산의 깨끗한 공기와 소나기가 온 뒤의 상쾌함 때문인지 볼이 발그레 물들어 있었다.

꼬마 미아로는 병이 나서 앓아누웠고, 노라드 아주머니는 휴가를 얻어 자식들이 있는 집으로 갔다는 것이다. 아름다운 스테파네트 아가씨는 나귀에서 내리면서 자초지종을 말해주었다. 중간에 길을 잘못 드는 바람에 늦었다는 이야기도 덧붙였다.

그러나 꽃 모양 리본과 화려한 레이스가 달린 스커트를 입은 아가씨를 보니, 숲 속에서 길을 헤맸다기보다는 무도회에서 춤을 추느라 늦은 사람처럼 보였다.

아, 귀여운 아가씨! 아가씨의 모습은 아무리 바라보아도 싫증이 나지 않았다. 나는 이제껏 한 번도 이렇게 가까이에서 아가씨를 본 적이 없었다. 겨울이 되면 산에 눈이 내리기 전에 양 떼를 몰고 아랫마을로 내려간다. 그때 저녁을 먹기 위해 농장으로 돌아가는데 방으로 급히 들어가는 아가씨를 가끔 본 적은 있다. 하인들에게 좀처럼 말을 건네지 않는 아가씨에게서 약간 거만한 태도가 느껴지기도 했다.

그런 그녀가 지금 내게 온 것이다. 오직 나만을 위해서 말이다. 어떻게 가슴이 울렁거리지 않을 수 있겠는가? 스테파네트 아가씨는 자루에서 식량을 꺼낸 후 사방을 둘러보았다. 화려한 나들이옷을 살짝 치켜들고는 오두막 안으로 들어가서 양의 털가죽을 깔아 놓은 잠자리와 벽에 걸린 외투와 지팡이, 화승총 등을 신기한 듯 쳐다보았다.

"그러니까 여기가 네 방이란 말이지? 여기서 혼자 밥도 먹고 잠도 잔다는 말이야? 얼마나 외로울까. 그래 도대체 무슨 생각을 하면서 지내고, 무슨 꿈을 꾸면서 잠이 드니?"

'아가씨, 바로 아가씨 생각을 하면서 보내요……'

나는 그렇게 대답하고 싶었다. 그것은 거짓이 아니니까. 그러나 가슴이 두근거리고 얼굴이 빨개져서 한마디도 할 수 없었다. 아가씨 역시 내 마음을 눈치챘을지도 모른다. 그래서인지 심술꾸러기 아가씨는 짓궂게도 나를 더욱 난처하게 만들며 즐거워했다.

"그래, 가끔 마음씨 고운 여자 친구가 놀러 오니? 그 아가씨는 아마도 황금 염소 아니면 산봉우리를 뛰어다니는 산의 요정이 분명해."

그러나 머리를 뒤로 젖히며 예쁜 미소를 짓는 그녀 자신이 나타났다가는 눈 깜짝할 사이에 사라지는 요정 같았다.

"잘 있어, 목동아."

"안녕히 가세요, 아가씨."

아가씨는 빈 바구니를 나귀에 싣고 떠났다. 그녀가 산기슭 오솔길로 사라진 뒤에도 나귀 발굽이 돌멩이를 톡톡 차는 소리 하나하나가 내 심장 위에 떨어지는 것처럼 느껴졌다. 저녁이 되어 계곡에 어둠이 깔리기 시작하고, 양 떼가 울타리 안으로 돌아가려고 음매 소리를 내며 서로 몸을 부대끼고 있을 때, 언덕

아래서 누군가 나를 부르는 소리가 들려왔다.

잠시 뒤 놀랍게도 스테파네트 아가씨가 나타났다. 명랑했던 표정의 아가씨는 옷이 흠뻑 젖은 채 추위와 무서움에 와들와들 떨고 있었다. 산을 내려간 아가씨는 소나기로 물이 불어 있는 소르그 강을 건너려다 하마터면 물에 빠질 뻔한 것 같았다.

난처한 일이 아닐 수 없었다. 무엇보다 이미 어두운 밤이라 농장으로 돌아가는 것은 불가능했다. 지름길이 있기는 하지만 아가씨 혼자서는 도저히 찾아갈 수 없을 테고, 나도 양 떼 곁을 떠날 수 없었기 때문이다.

아가씨는 난처한 표정을 지었다. 산 위에서 밤을 지내면 가족이 걱정할 게 틀림없기 때문에 아가씨는 몹시 걱정했다. 나는 아가씨를 안심시키려고 애썼다.

"아가씨, 7월의 밤은 짧아요. 조금만 참으면 아침이 돼요."

나는 아가씨가 몸과 옷을 말릴 수 있도록 서둘러 불을 피웠다. 그런 다음 우유와 치즈를 아가씨 앞에 내놓았지만 불을 쬐려고도, 음식을 먹으려고도 하지 않았다. 그녀의 두 눈에선 어느새 커다란 눈물방울이 흘러내렸고 그것을 보는 나도 그만 울고 싶었다.

그러는 사이 어느덧 밤이 찾아왔다. 산 위에는 어둠이 뿌옇게 어른거렸고, 서쪽 하늘에만 햇빛이 조금 남아 있을 뿐이었다. 나는 아가씨를 오두막 안으로 데리고 들어갔다. 그러고는 새 짚단 위에 깨끗한 털가죽을 깔아 놓고 편히 쉬라는 인사를 한 뒤 밖으로 나와 문 앞에 앉았다.

아무리 애틋한 사랑의 불길이 내 피를 끓어오르게 해도 나쁜 생각은 조금도 하지 않았다. 오두막 안의 한쪽 구석에 조용히 잠들어 있는 아가씨를 신기한 듯 바라보고 있는 양 떼 바로 곁에서, 주인집 아가씨가 내 보호를 받으며 마음 놓고 쉬고 있다는 생각을 하니 무척이나 흐뭇했다. 하늘이 이렇게 곱고, 별이 이처럼 찬란하게 보인 적은 지금까지 한 번도 없었다.

바로 그 순간 문이 불쑥 열리더니 아름다운 스테파네트 아가씨가 걸어 나왔다. 아마도 아가씨는 낯선 곳에서 잠을 이룰 수가 없는 모양이었다. 양 떼가 끊임없이 움직이면서 지푸라기를 부스럭거렸고, 꿈을 꾸면서 매 하고 울어 댔으니까.

그러자 차라리 모닥불 곁에 있는 편이 낫겠다고 생각한 것이다. 나는 이불 대신 내가 덮고 있던 양의 털가죽을 아가씨 어깨에 덮어 주었다. 그리고 우리는 말없이 나란히 앉아 있었다. 한 번이라도 밖에서 밤을 새운 적이 있다면 우리가 함께하는 이 시간이 얼마나 행복한지 알 것이다. 고독과 정적 속에서 깨어나는 그 세계를……

그 세계에서 샘물은 더욱 맑게 노래하고, 연못 위에는 작은 불꽃들이 반짝거리며 춤을 추고 산의 요정들이 이 산에서 저 산으로 뛰어다닌다. 허공에서는 바람 소리가 들려오고 귀 기울이지 않으면 잘 들리지 않는 소리들도 들린다. 마치 나뭇가지가 자라고 샘물이 솟아나는 소리를 듣는 듯하다.

낮은 살아 있는 생명의 세상이지만 밤은 사물들의 세상이다. 그런 세계에 익숙지 않으면 밤은 무섭게만 느껴질 것이다. 아가씨는 바스락거리는 소리만 들려도 몸을 파르르 떨며 내게 바싹 다가앉았다. 한번은 아래쪽 연못에서 구슬픈 노랫소리가 물결을 타고 우리 쪽으로 울려왔다. '그 소리가 뭘까' 하고 생각하는 순간, 아름다운

별똥별 하나가 머리 위를 미끄러지듯 스쳐갔다.

"저게 뭐야?"

스테파네트 아가씨가 나직한 목소리로 물었다.

"천국으로 가는 영혼입니다."

나는 성호를 그으며 대답했다.

그러자 아가씨도 나를 따라 성호를 그었다. 그리고 잠깐 하늘을 바라보고는 내게 다시 물었다.

"너희 같은 목동들은 요술쟁이라던데 정말인가 봐?"

"요술쟁이라니요, 아가씨. 하지만 우리는 별과 가까이 살고 있기 때문에 산 아랫마을에 사는 사람들보다는 별에 대해 많이 알고 있지요."

아가씨는 한 손으로 턱을 괴고는 마치 하늘의 꼬마 양치기처럼 양의 털가죽을 몸에 두른 채 하늘을 바라보았다.

"어머나, 많기도 해라! 어쩌면 저렇게 아름다울까! 이렇게 많은 별은 본 적이 없어. 너는 저 별들의 이름을 아니?"

"알고말고요. 자, 보세요! 우리 머리 위에 있는 것이 성 야곱의 길 은하수예요. 은하수는 프랑스에서 스페인까지 곧장 뻗어 있어요. 샤를마뉴 대제가 사라센과 싸웠을 때, 용감한 대제에게 길을 가르쳐 주기 위해 그려 놓은 것입니다. 그 옆에 있는 것은 '영혼의 수레'라고 부르는 큰곰자리예요. 그 앞에 있는 세 개의 별은 수레를 끄는 '세 마리의 짐승'이고, 그 세 번째 별 옆의 아주 작은 별이 마부랍니다. 그 주위에 흩어져 있는 별들이 보이지요? 저것들이 바로 하느님이 하늘에 두고 싶지 않은 영혼들이에요. 좀 더 아래쪽에 있는 별은 '쇠스랑' 또는 '삼왕성'이라고 부르지요. 다른 말로 오리온이라고 하는 것입니다. 우리 양치기들에게는 시계 구실을 하는 별입니다. 저 별만 보아도 지금 자정이 지났다는 것을 알 수 있답니다.

조금 더 아래 남쪽으로 반짝이는 것이 '장 드 밀랑(시리우스)'이랍니다. 하늘의 횃불이라고 할 수 있지요. 이 별에 대해 양치기들은 이런 얘기를 합니다. 어느 날 장 드 밀랑이 '삼왕성'이랑 '병아리 상자(묘성)'

와 친구 별의 결혼식에 초대를 받았답니다. 병아리 상
자가 제일 먼저 출발했지요. 저것 좀 보세요. 삼왕성
은 그보다 낮은 곳을 가로질러 가서 그 별을 따라잡았
습니다. 그러나 게으름뱅이 장 드 밀랑은 늦잠을 자느
라고 제일 늦게 왔지요. 화가 난 장 드 밀랑은 앞의
별들을 멈추게 하려고 지팡이를 던졌답니다. 그래서
삼왕성을 장 드 밀랑의 지팡이라고도 부르지요.

하지만 모든 별 가운데 가장 아름
다운 별은 바로 우리의 별이랍니
다. 새벽에 양 떼를 몰고 나갈 때
도 떠 있고 저녁에 양 떼를 몰고
돌아올 때도 늘 우리를 비춰
주니까요. 우리는 그 별을
'마글론' 이라고 부르지요.
아름다운 '마글론' 은 '피
에르 드 프로방스', 즉 토성을 따라가서 7년에 한 번
씩 피에르와 결혼한답니다."

"뭐라고, 별들도 결혼을 한다고?"

"물론이죠, 아가씨."

내가 결혼이 어떤 것인지 설명하려는 순간 무엇인
가 싱그럽고 보드라운 것이 살며시 내 어깨에 와 닿

는 것이 느껴졌다. 그것은 리본과 레이스로 장식된 곱슬곱슬한 아가씨의 머리였다. 머리를 어깨에 기댄 채 잠이 든 아가씨…….

아가씨는 하늘이 밝아 오고 별이 그 빛을 잃을 때까지 꼼짝도 않고 그대로 있었다. 그녀의 잠든 모습을 바라보는 나는 가슴이 설레지 않을 수 없었다. 하지만 이 맑고 거룩한 밤의 보호를 받으며 잠든 아가씨의 모습을 가만히 지켜보는 것 외에 다른 생각을 할 수 없었다. 우리 주위에는 양 떼같이 많은 별들이 제 길을 계속 가고 있었다. 나는 이 별들 가운데 가장 가냘프고, 빛나는 별 하나가 길을 잃고 내 어깨에 잠들어 있는 것이라고 생각했다.

여러분, 오늘이 내가 여러분을 가르치는
마지막 수업 시간입니다.

알자스와 로렌 지방의 학교에서는
독일어만 가르치라는 명령이 내려왔습니다.

내일은 새로운 선생님이 오실 겁니다.

그러니 오늘은 여러분과 내게
마지막 프랑스 어 수업입니다.

마지막
수업

마지막 수업

그날 아침, 나는 학교에 아주 많이 늦었다. 그래서 꾸중을 들을까 봐 무척 겁이 났다. 게다가 아멜 선생님이 분사에 대해 물어보겠다고 말씀하셨는데, 나는 분사에 대해 아무것도 몰랐다. 순간 나는 '수업을 빼먹고 산으로 놀러 갈까' 하는 생각이 들었다.

날씨는 맑고 따뜻했다. 산에서는 티티새가 지저귀고, 제재소 뒤에 펼쳐진 리페르 벌판에서는 프러시아 병사들이 훈련하는 소리가 들려왔다. 이런 것들이 모두 분사의 규칙보다 더 내 마음을 끌어당겼다. 그러나 용케도 나는 그 유혹들을 뿌리치고 학교를 향해 달려갔다.

면사무소 앞에 다다르자 게시판 앞에 사람들이 웅

성거리며 모여 있었다. 2년 전부터 패전이라든가 징발령 또는 포고령 등 모든 언짢은 소식들이 바로 그곳을 통해 전해졌다. 머릿속에 불현듯 이런 생각이 스쳤다.

'또 무슨 일이 일어난 것일까?'

내가 면사무소 앞 광장을 지나가려 하자, 견습공과 함께 그곳에서 게시판을 읽고 있던 대장장이 와슈트가 나에게 소리를 질렀다.

"얘! 꼬마야, 그렇게 서두를 것 없다. 오늘은 학교에 지각할 염려는 없으니까!"

나는 그가 놀린다고 생각하고는 숨을 헐떡이며 학교 운동장으로 뛰어 들어갔다. 여느 때 같으면 수업이 시작될 때까지 책상 부딪치는 소리, 교과서를 외우는 소리, 큰 자로 테이블을 두드리며 조용히 하라고 외치는 선생님의 목소리가 왁자지껄하게 들려왔을 것이다.

나는 그 떠들썩한 틈을 타서 선생님 몰래 슬쩍 자리에 가서 앉을 생각이었다. 그런데 그날은 이상하게도 마치 일요일 아침처럼 조용했다. 열린 창 너머로 벌써 제자리에 얌전히 앉아 있는 친구들과 팔 밑에 쇠 자를 끼고 왔다 갔다 하는 아멜 선생님이 보였다.

나는 별수 없이 문을 열고 그 정적 속으로 들어가야 했다. 내가 얼마나 부끄럽고 두려웠는지 짐작이 갈 것이다.

그런데 이상한 일이었다. 아멜 선생님은 화도 내지 않고 나를 쳐다보시며 아주 부드럽게 말씀하셨다.

"프란츠, 어서 네 자리로 가거라. 너를 빼놓고 수업을 시작할 뻔했구나."

나는 영문도 모른 채 얼른 내 자리로 갔다. 자리에 앉자 두려움이 사라졌다. 그제야 우리 선생님의 모습이 여느 때와 다르다는 것을 알아챘다. 선생님은 학교에 손님이 오거나 졸업식 때만 입으시는 초록색 프록코트에 가늘게 주름 잡힌 레이스 장식을 가슴에 달고, 수놓은 검은 비단 모자를 쓰고 계셨던 것이다. 뿐만 아니라 교실 전체에 알 수 없는 고요와 엄숙함이 감돌고 있었다.

그중에서도 특히 나를 놀라게 한 것은, 언제나 비어 있던 교실 뒤편 의자에 마을 사람들이 조용히 앉

아 있는 것이었다. 모자를 쓴 오젤 영감님, 예전 읍장과 집배원 아저씨, 그리고 또 다른 마을 사람들이 앉아 있었다. 그들의 표정은 모두 슬퍼 보였다. 오젤 영감님은 커다란 안경을 쓴 채 무릎 위에 올려놓은 닳아빠진 문법 책을 들여다보고 있었다.

이러한 낯선 분위기에 놀라고 있는 사이에 아멜 선생님이 교단으로 올라가서 조금 전 내게 말한 것처럼 부드럽고 엄숙한 목소리로 말씀하셨다.

"여러분, 오늘이 내가 여러분을 가르치는 마지막 수업 시간입니다. 알자스와 로렌 지방의 학교에서는 독일어만 가르치라는 지시가 내려왔습니다. 내일은 새로운 선생님이 오실 겁니다. 그러니 오늘은 여러분과 내게 마지막 프랑스어 수업입니다. 아무쪼록 열심히 들어주기 바랍니다."

그 말에 나는 몹시 당황했다. 맙소사! 면사무소 앞 게시판에 붙어 있던 게 이 내용이었구나!

나의 마지막 프랑스어 수업. 그러나 나는 아직도 프랑스어를 제대로 쓸 줄 몰랐다. 그래, 이제 영원히 프랑스어를 배울 수 없구나! 나는 그동안 시간을 헛

되이 보낸 것과 새 둥지를 찾아 돌아다니던 일, 자르 강에서 썰매를 타느라 수업을 빼먹은 일 등을 떠올리며 얼마나 후회했는지 모른다. 조금 전까지만 해도 그렇게 따분하고 지겹게 느껴지 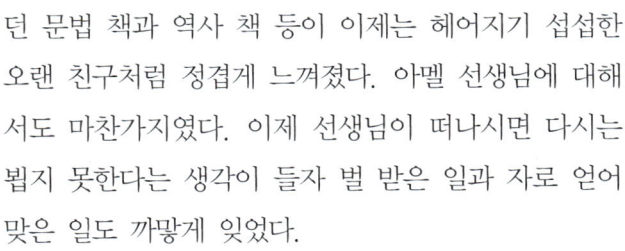 던 문법 책과 역사 책 등이 이제는 헤어지기 섭섭한 오랜 친구처럼 정겹게 느껴졌다. 아멜 선생님에 대해서도 마찬가지였다. 이제 선생님이 떠나시면 다시는 뵙지 못한다는 생각이 들자 벌 받은 일과 자로 얻어맞은 일도 까맣게 잊었다.

가여운 선생님! 이 마지막 수업을 위해 선생님은 예복을 입고 오셨던 것이다. 그제야 마을 노인들이 교실 뒤쪽에 앉아 있는 이유를 알 수 있었다. 그들 역시 이 학교에 자주 오지 못한 것을 후회하는 듯했다. 또한 사십 년 동안 꾸준히 프랑스어를 가르친 선생님에게 경의를 표하고, 이제 사라져 가는 조국에 대해 의무를 다하려는 것 같았다.

그런 생각에 잠겨 있을 때 내 이름을 부르는 소리가 들렸다. 내가 외워야 할 차례였던 것이다. 그 유명한 분사 규칙을 크고 분명하게, 하나도 틀리지 않고 처음부터 끝까지 외울 수 있다면 얼마나 좋을까!

　그러나 나는 첫마디부터 꽉 막힌 채 고개를 들지 못하고 몸을 흔들며 서 있었다. 그러자 아멜 선생님의 말씀이 들려왔다.

　"프란츠야, 너를 꾸짖지는 않겠다. 너는 이미 충분히 벌을 받은 셈이다. 그래서 이렇게 된 거지. 우리는 늘 이렇게 생각했지. '시간은 충분해. 내일 배우면 돼.'라고. 그런데 그 결과는 네가 보는 것과 같다. 아! 언제나 교육을 내일로 미루어 온 것이 우리의 커다란 불행이었지. 이제 그들은 우리에게 이렇게 말할 것이다. '뭐요? 당신네 말을 읽고 쓸 줄도 모르면서 프랑스 사람이라고 할 수 있어요?' 프란츠야, 이런 결과가 온 것이 모두 네 탓은 아니란다. 우리 모두 반성해야 할 일이지. 부모님들도 너희를 교육시키는 데 열의가 부족했어. 몇 푼 더 벌기 위해 밭이나 공장으로 보내려 했으니까. 내 자신은 나무랄 데가 없다고 할 수 있을까? 공부시키는 대신 화단에 물 주는 일을 시키지 않았던가! 송어 낚시를 가고

싶으면 서슴지 않고 너희들의
결석을 허락하지 않았던가!"

이어 아멜 선생님은 프랑
스어에 대해 이런저런 말씀을
하셨다. 프랑스어는 이 세상
에서 가장 아름다운 언어이며
가장 분명하고 훌륭한 언어라는 것, 한 민족이 노예
로 전락했을 때라도 그 언어만 지키고 있으면 감옥의
열쇠를 쥐고 있는 것과 마찬가지라고……

그리고 선생님은 문법 책을 들고 우리가 배워야 할
부분을 읽으셨다. 나는 나의 이해력에 놀라지 않을
수 없었다. 선생님의 말씀이 그렇게 쉬울 수가 없었
다. 하긴 그처럼 정신 차리고 귀를 기울여 본 적이
없었고 선생님 또한 그처럼 정성스럽게 설명하신 적
이 없었다. 선생님은 마치 떠나시기 전에 자신이 가
지고 있는 모든 지식을 우리에게 가르쳐 주시려는 듯
했다.

문법 시간이 끝나고 글쓰기 시간이 되었다. 그날
아멜 선생님은 새로운 교본을 만들어 오셨는데, 거기
에는 아름다운 글씨체로 '프랑스, 알자스, 프랑스, 알
자스'라고 쓰여 있었다. 그것은 우리의 책상 위에 매

달려 마치 깃발처럼 교실
가득히 휘날렸다. 그때 모
두들 얼마나 열중하고 얼
마나 조용했는지, 오직 종
이 위에 펜이 움직이는 소
리만 들렸다.

중간에 풍뎅이 몇 마리가 들어와 한참 동안 윙윙거
렸지만 누구 하나 거기에 신경을 쓰는 사람이 없었
다. 어린 꼬마들도 글자 한 획 한 획을 긋는 데 열중
했다. 학교 지붕 위에서는 '구구' 하는 비둘기의 울음
소리가 들려왔다. 그 소리를 들으며 나는 이런 생각
을 했다.

'저들은 비둘기에게까지 독일어로 노래하라고 강요
하지 않을까?'

가끔 책에서 눈을 떼고 고개를 들었을 때 아멜 선
생님은 교단 위에서 꼼짝하지 않고 주위에 있는 물건
들을 눈여겨보고 계셨다. 마치 학교 전체를 눈 속에
담아 가려는 것처럼 보였다.

생각해 보면 그럴 만도 했다. 지난 사십 년 동안
그는 한결같이 교실 전경과 교정이 보이는 바로 저
자리에 서 계셨으니까. 다만 의자와 책상이 오랜 세

월 속에 닳고 닳아서 번질거리고 교정의 호두나무들
이 크게 자랐으며, 선생님이 손수 심은 호프 나무가
이제는 창과 지붕까지 가려 주는 것이 달라졌을 뿐
이었다.

그 모든 것과 헤어져야 한다는 것이 선생님에게는
얼마나 가슴 아픈 일이었을까? 그리고 그의 누이동생
이 위층 방에서 짐을 싸는 소리를 듣는 것이 얼마나
큰 슬픔이었을까? 내일이면 이들은 영원히 이 고장을
떠나야 한다. 그러나 선생님은 끝까지 수업을 하셨다.
글쓰기 다음에는 역사 공부를 했다.
이어서 어린 학생들이 목소
리를 맞추어 발음 연습
을 했다. 교실 뒤에서는
오젤 영감님이 안경을 끼
고 〈아베세 독본〉을 두 손
에 든 채 꼬마들과 같이 한 자 한 자 더듬더듬 읽고
있었다. 그 역시 글을 읽는 일에 열중했는데 격한 감
정 때문인지 음성이 떨렸다. 그가 글을 읽는 소리는
여간 우습지 않아서 우리는 웃어야 할지 울어야 할지
모를 정도였다. 아! 나는 이 마지막 수업을 영원히 잊
지 못할 것이다.

그때 갑자기 교회에서 정오를 알리는 시계 소리가 들려왔다. 그리고 삼종 기도를 알리는 종 소리가 들렸다. 그와 동시에 훈  련에서 돌아오는 프러시아 병사들의 나팔 소리가 창 밑에서 울렸다. 그러자 아멜 선생님은 창백한 얼굴로 교단에 섰다. 선생님의 키가 그렇게 커 보인 것도 그때가 처음이었다.

"여러분."

선생님이 입을 열었다.

"여러…… 나, 나는……."

그는 말문이 막혀 더 이상 말을 잇지 못했다. 대신 그는 칠판 쪽으로 돌아서서 분필 한 조각을 집어 들고, 있는 힘을 다해 최대한 크게 썼다.

"프랑스 만세!"

그런 다음 벽에 머리를 기댄 채 꼼짝하지 않고 서 있었다. 그런 뒤 그는 말없이 우리에게 손짓을 했다.

"이제 다 끝났다……. 모두 돌아가거라."

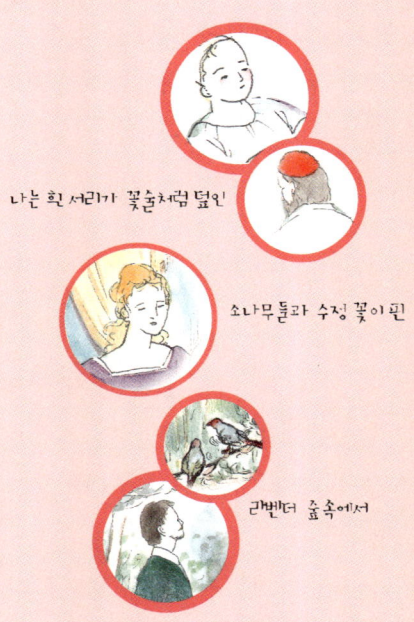

나는 흰 서리가 꽃술처럼 덮인

소나무들과 수정 꽃이 핀

라벤더 숲 속에서

다소 독일풍인 두 편의 환상시를 썼습니다.

산문으로 쓴
환상시

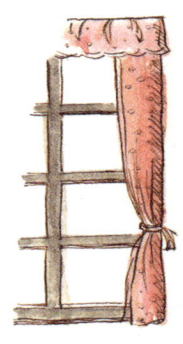

오늘 아침 문을 열어 보니 풍차간 주위는 온통 새하얀 서리로 덮여 있었습니다. 풀잎은 유리 조각처럼 반짝이며 바스락거렸고 언덕 전체가 추위에 떨고 있는 것 같았습니다. 하룻밤 사이에 사랑스런 프로방스가 북극처럼 변해 버렸습니다.

맑게 갠 하늘 위엔 하인리히 하이네의 나라에서 온 황새들이 커다란 삼각형을 이루며 카마르그 쪽으로 '추워… 추워…' 하고 외치며 날아가고 있었습니다. 나는 흰 서리가 꽃술처럼 덮인 소나무들과 수정 꽃이 핀 라벤더 숲속에서 다소 독일풍인 두 편의 환상시를 썼습니다.

왕자의 죽음

어린 왕자가 병이 들어 죽게 되었습니다. 나라의 모든 교회에서는 왕자의 회복을 빌며 낮이나 밤이나 성체를 모셔 놓고, 커다란 초에 불을 밝혔습니다. 고색 창연한 거리는 고요하고 쓸쓸했으며 교회의 종소리도 들리지 않았고, 마차들도 소리를 죽이며 다녔습니다. 주민들은 궁금해서, 근엄한 태도로 궁정 안에서 이야기를 하고 있는 금줄 장식의 제복을 입은 뚱뚱보 근위병들을 창살 틈으로 바라보았습니다.

성 안이 온통 술렁이고 있었습니다. 시종들과 청지기들이 종종걸음으로 대리석 층계를 오르내립니다. 비단옷을 입은 신하들이 이리저리 몰려다니며 새로운 소식을 알아내려고 수군거립니다. 넓은 계단 위에서는 시녀들이 수를 놓은 고운 손수건으로 눈물을 닦으면서 서로 이야기를 건넵니다.

오렌지 온실 안에서 가운을 입은 의사들의 회의가 거듭됩니다. 유리창 너머로 그들의 긴 검정 소매가 움직이고, 길게 늘인 가발이 점잖게 흔들거리는 모습이 보입니다. 사부와 시종은 문 앞에서 서성대며 시의의 발표를 기다리는데 요리사들이 그들 곁을 인사도 없이 지나갑니다. 시종은 이교도처럼 험한 소리를 해대고, 사부는 호라스의 시를 읊습니다. 그러는 동안 마구간 쪽에서는 구슬픈 말 울음 소리가 길게 들려옵니다. 그것은 마부들이 잊고 여물을 주지 않아 텅 빈 구유 앞에서 슬프게 울부짖고 있는 왕자의 밤색 말이었습니다.

그런데 왕은 어디에 있는 걸까요? 왕은 성 끝에 있는 방 안에 홀로 들어앉아 있었습니다. 군주는 남에게 눈물을 보이는 것을 꺼려합니다. 그러나 왕비는 다릅니다. 왕비는 어린 왕자의 머리맡에 앉아 고운 얼굴이 눈물에 젖은 채 모든 사람들이 보는 앞에서 큰 소리로 흐느껴 울고 있습니다.

레이스가 달린 침대에는 어린 왕자가 침대보보다 더 창백한 얼굴로 눈을 감은 채 누워 있습니다. 잠들어 있는 듯하였지만 자고 있는 것은 아니었습니다.

왕자는 울고 있는 어머니를 향해 몸을 돌리더니 이렇게 말했습니다.

"어머니, 왜 울고 계셔요? 제가 정말 죽을 거라고 생각하세요?"

왕비는 대답을 하려고 하였지만 목이 메어 말이 나오질 않습니다.

"어머니, 제발 울지 마세요. 제가 왕자라는 것을 잊으셨군요. 왕자는 이렇게 죽지 않아요."

왕비는 더욱더 흐느껴 웁니다. 그래서 왕자도 두려워졌습니다.

"그만두세요! 전 죽기 싫어요. 죽음이 절대로 가까이 오지 못하도록 막을 수 있을 거예요. 지금 당장 아주 힘센 근위병 사십 명을 불러 침대 주위를 지키게 해 주세요. 그리고 창 밑에는 대포 백 문을 배치해서 도화선에 불을 붙일 준비를 하고 밤이나 낮이나 지키라고 하세요. 그래도 죽음이 가까이 오면 제가 호통을 칠거예요!"

왕자의 마음을 편하게 해 주려고 왕비는 손짓으로 명령을 내립니다. 즉시 궁정 창밖으로 커다란 대포가

굴러 오는 소리가 들리고 창을 든 장대한 사십 명의
근위병들이 몰려와 방 안에 둘러섭니다. 이들은 수염
이 하얗게 센 노병들입니다. 왕자는 그들을 보자 손
뼉을 치며 좋아합니다. 그리고 그들 중에서 자기가
알고 있는 한 노병을 불렀습니다.

"로뎅! 로뎅!"

그가 침대 앞으로 한 걸음 나섭니다.

"로뎅, 난 그대가 정말 좋아. 그대의 장검을 좀 보
여 줘. 죽음이 나를 잡으려고 하면 죽여 버려야 하겠
지?"

로뎅이 대답합니다.

"그렇습니다, 전하!"

노병의 거무죽죽한 뺨 위로 굵은 눈물이 두 줄 흘
러내립니다.

이때 궁정 신부가 왕자 곁으로 가까이 오더니 십자
가를 보이며 낮은 목소리로 오랫동안 이야기를 합니
다. 어린 왕자는 매우 놀란 얼굴로 이야기를 듣고 있
다가 갑자기 신부의 말을 가로막습니다.

"신부님의 말씀은 잘 알겠어요. 그러면 친구 베포
녀석에게 돈을 많이 주고 내 대신 죽게 할 수는 없을
까요?"

신부는 낮은 목소리로 이야기를 계속합니다. 어린 왕자는 더욱더 놀란 얼굴을 합니다.

신부가 이야기를 다 끝내자, 어린 왕자는 한숨을 쉬며 이렇게 말했습니다.

"신부님의 말씀은 모두가 나를 슬프게 하는 것뿐이군요. 하지만 저 하늘 위 별들의 낙원에 가도 나는 역시 왕자일 거라니 안심이 되요. 하느님은 나의 친척이니 나를 신분에 맞게 대해 주시겠죠?"

그리고는 어머니 쪽으로 몸을 돌리며 왕자는 이렇게 덧붙여 말합니다.

"제 가장 고운 옷들, 흰 담비가죽 저고리와 비로드 무도화를 가져오라고 하세요! 왕자의 옷을 입고 천국에 들어가서 천사들에게 뽐내고 싶어요."

신부가 세 번째로 어린 왕자를 향해 몸을 숙이고 낮은 목소리로 오랫동안 이야기를 합니다. 이야기를 하는 도중 왕자는 화를 내며 이렇게 말합니다.

"그럼 왕자란 것도 아무것도 아니군요!"

그리고는 더 이상 듣기 싫다는 듯 벽을 향해 돌아 눕더니 흐느껴 우는 것이었습니다.

들판의 군수님

마부가 끄는 마차를 타고 시종들을 거느린 군수님이 위엄을 갖추고 콩브 오 페(요정의 계곡)에서 열리는 전람회에 가고 있었습니다. 이 날을 위해 군수님은 수를 놓은 화려한 상의에 작은 예식 모자를 쓰고 은줄 달린 딱 붙는 바지를 입었으며, 진주로 손잡이를 장식한 칼을 찼습니다. 군수님은 무릎 위에 놓인 커다란 가죽 가방을 걱정스레 내려다보았습니다. 그 이유는 잠시 후 콩브 오 페의 주민들 앞에서 낭독해야 할 연설문 때문이었습니다.

"내빈 및 친애하는 군민 여러분……."

비단실 같은 노란 수염을 비틀면서 '내빈 및 친애하는 군민 여러분' 이라는 구절을 되풀이해도 그 다음 할 말이 떠오르지 않았습니다.

마차 안이 너무 뜨거워서인가 봅니다. 멀리 뻗어나간 콩브 오 페로 가는 길에는 한낮의 햇볕 아래 희

뿌연 먼지가 일고 있었습니다. 대기는 불을 지핀 듯 했고, 길가의 느릅나무들은 온통 먼지를 뒤집어썼으며 매미들은 나무에 붙어 울어댔습니다. 문득 군수님은 저편 산기슭에서 자신을 부르는 듯한 푸른 참나무 숲을 보았습니다.

그 숲은 마치 이렇게 유혹하는 것 같았습니다.

"군수님. 이리로 오세요. 연설문을 제대로 쓰시려면 이곳 나무 그늘이 훨씬 좋을 겁니다."

군수님은 이 유혹에 넘어가 마차에서 뛰어내리고는 시종들에게 참나무 숲속에서 연설문을 써 가지고 올 것이니 기다리고 있으라고 말했습니다.

푸른 참나무 숲속에는 온갖 새들이 노래하고 오랑캐꽃들이 피어 있었으며, 부드러운 풀밭 아래로는 맑은 시냇물이 흐르고 있었습니다. 그런데 화려한 바지에 가죽 가방을 든 군수님을 본 새들은 겁이 나서 노래를 그쳤고 졸졸 흐르던 시냇물도 소리를 죽였으며, 오랑캐꽃들도 모두 풀 속으로 숨어 버렸습니다. 지금까지 이 숲속

에 군수님이 온 적은 한 번도 없었습니
다. 그래서 숲속의 온갖 것들은 은줄
달린 화려한 바지를 입고 걸어오고
있는 저 사람이 누굴까 서로에게
물어보는 것이었습니다. 그런
자그마한 속삭임들이 나무 그
늘에서 들려왔습니다. 그동안
군수님은 숲속의 고요함과 시원함에 매료되어 옷자락
을 걷어붙이고 모자를 풀밭 위에 던져 놓고는 작은
참나무 아래 앉았습니다. 그리고는 가죽 가방을 무릎
위에 놓고 그것을 열더니 커다란 종이 한 장을 꺼냈
습니다.

"화가인가 보다!"

휘파람새가 말했습니다.

"아니야. 은줄 달린 바지를 보니 화가는 아니야.
아마도 왕자일걸."

피리새가 말했습니다. 그때 군청 정원에서 살았던
경험이 있는 늙은 나이팅게일이 다른 새들의 말을 가
로채며 말했습니다.

"화가도 아니고 왕자도 아니야. 나는 알지. 저분은
바로 군수님이야!"

"군수님? 군수님이래!"

작은 숲이 온통 수군대는 소리로 가득 찼습니다.

"그런데 머리는 왜 저렇게 벗겨졌지?"

커다란 벼슬이 달린 종달새가 말했습니다.

오랑캐꽃이 물었습니다.

"나쁜 사람이라서 그런 건가요?"

늙은 나이팅게일이 대답했습니다.

"아니. 그런 건 절대 아니야."

나이팅게일의 말에 안심한 새들은 다시 노래하고, 샘물도 다시 흐르고, 오랑캐꽃도 다시 향기를 풍겼습니다. 마치 군수님이 그곳에 있다는 사실엔 개의치 않는다는 듯이. 군수님은 이러한 가벼운 소란 속에서도 아무것도 모른 채 전람회 신의 가호를 기원하며 펜을 들고는 엄숙한 목소리로 연설문을 읽기 시작했습니다.

"내빈 및 친애하는 군민 여러분……"

하고 군수님이 엄숙하게 말문을 열자 웃음소리가 터져 나왔습니다. 군수님은 이상한 느낌이 들어 말을 멈추고 뒤를 돌아다보았지만 보이는 것이라곤 커다란 딱따구리 한 마리뿐이었습니다. 딱따구리는 군수님이 벗어 놓은 모자 위에 앉아서 그를 바라보며 웃고 있

었습니다. 군수님은 어깨를 으쓱거리고 나서 계속 읽으려고 했습니다.

그러자 딱따구리가 잽싸게 끼어들며 이렇게 소리치는 것이었습니다.

"소용없어요!"

"뭐? 소용없다고?"

군수님은 얼굴이 벌개져서 소리를 쳤습니다. 그리고 팔을 휘둘러 건방진 새를 쫓아 버리고 나서 더욱 목소리를 가다듬고 연설을 시작했습니다.

"내빈 및 친애하는 군민 여러분……"

하고 똑같은 서두가 시작되자 사랑스런 오랑캐꽃들이 군수님에게 고개를 내밀며 조그만 목소리로 말을 걸었습니다.

"군수님, 우리들에게서 좋은 향기가 나지요?"

이어서 풀밭 밑으로 샘물이 맑은 소리로 졸졸 흐르고, 머리 위 나뭇가지에서는 휘파람새들이 함께 몰려와 경쾌하게 울어댑니다. 작은 숲 전체가 서로 짜기라도 한 듯이 군수님의 연설문 작성을 방해하는 것이었습니다.

　군수님은 오랑캐꽃 향기와 새
들의 노래 소리에 넋을 잃지
않으려 버텼지만 소용이 없었습
니다. 그는 팔꿈치를 괴고 풀 위에
누운 채 화려한 상의의 단추를 풀며
두어 번 중얼거렸습니다.

　"내빈 및 친애하는 군민 여러분……" "내빈 및 친
애하는 군민 여러분……" "내빈 및 친애……"

　그리고는 군민 여러분 따위는 될 대로 되라고 포기
해 버렸습니다. 전람회를 관장하는 관리라는 생각도
자취를 감추었습니다.

　한 시간쯤 지나자 시종들은 군수님이 걱정이 되어
숲속으로 들어왔습니다. 그리고 그들은 숲속에서 벌
어진 광경에 놀라 멈춰 섰습니다. 군수님은 마치 집
시처럼 가슴을 풀어 헤치고 풀 위에 누워 있었습니
다. 그는 오랑캐꽃을 씹으며 시 짓기에 골몰해 있는
것이었습니다.

그들은 나의 조부모님이라네.
그 분들에겐 내가 삶의 전부나 마찬가지지.

그런데도 10년 동안이나 찾아뵙지 못했지.
그러나 난 지금 파리를 떠날 수가 없다네.

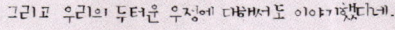

난 그들에게 항상 우리의 이야기를 했지.

그리고 우리의 두터운 우정에 대해서도 이야기했다네.

노인들

노인들

"편지 왔어요? 아장 아저씨!"

"예, 파리에서 왔다오."

아장 아저씨는 파리에서 편지가 왔다는 것만으로 몹시 기분이 좋은 모양이었다. 하지만 나는 전혀 그렇지 않았다. 오늘 새벽 파리의 장 자크 집안에서 온 편지가 나의 하루를 완전히 무의미하게 만들 것이라는 불길한 예감이 들었기 때문이다. 그 생각은 정확히 들어맞았다. 다음 글을 보면 그 이유를 알 수 있을 것이다.

자네에게 부탁 한 가지만 하겠네. 부디 들어주기 바라네. 자네의 풍차 방앗간을 하루만 닫고 에이기에르로 가 주게나. 그곳은 자네 집에서 삼사십 마일 정도 떨어진 곳에 있는 큰 마을이라네. 그곳에 도착하면 고아 수도원을 찾게. 수도원 바로 다음 집은 지붕이 낮고 회색 대문에 뒤쪽으로는 조그만 정원이 하나있지. 노크는 하지 말고 그냥 들어가게. 대문이 항상열려 있으니까. 그리고 들어서면서 큰 소리로 외치게.

"여러분, 안녕하십니까! 저는 모리스의 친구입니다."

그러고는 그곳을 잘 살펴보게. 그러면 키 작은 두 노인을 볼 수 있을 걸세. 호호백발의 노인들이 커다란 소파에 앉아 두 팔을 내밀걸세. 그러면 자네의 친할아버지나친할머니를 대하듯 다정하게 그들을 껴안아 주게. 그리고 이야기를 시작하면 그들은 나에 대해서만 이야기할 걸세. 물론 말도 안 되는 이야기일 테지만 끝까지 들어 주게. 절대 웃으면 안 되네, 알겠나?

그들은 나의 조부모님이라네. 그분들에겐 내가 삶의 전부나 마찬가지지. 그런데도 십 년 동안이나 찾아뵙지 못했지. 그러나 난 지금 파리를 떠날 수가 없다네. 그분들이 나를 보러 온다고 해도 나이가 많으셔서 도중에 쓰러지실지도 모르네. 다행히 자네가 그곳에 있으니, 불쌍한 노인들은 자네를 껴안으며 나를 안는 기분을 느낄 것일세.

난 그들에게 항상 우리의 이야기를 했지. 그리고 우리의 두터운 우정에 대해서도 이야기했다네.

별놈의 우정도 다 있네! 그날 아침에는 날씨가 그런 대로 좋았지만 길을 걷기에는 적당치 않았다. 미스트랄(프랑스 남부에서 불어오는 건조한 북풍)이 심하게 불고 햇빛이 강한 프로방스 지방 특유의 날씨였다. 편지가 왔을 때 나는 바위틈에 피난처를 마련해 놓고 바람 소리에 귀 기울이며 햇볕을 쬐는 도마뱀처럼 하루 종일 쉴 생각을 하고 있던 참이었다. 하지만 이제 다 틀려 버렸다. 나는 투덜거리면서 풍차 방앗간을 닫아걸고 고양이가 지나다니는 구멍에 열쇠를 놓아두었다. 그리고 나서 지팡이를 들고 파이프를 물고는 길을 떠났다.

오후 2시경 에이기에르에 도착했다. 마을 사람 모두 밭에 일을 하러 나갔는지 마을은 텅 빈 듯한 느낌

이었다. 먼지 때문에 뽀얗게 된 큰
길가의 느릅나무 속에서 매미들
이 맴맴 울어댔다. 면사무소 앞
광장에는 당나귀 한 마리가 햇
볕을 쬐고 있었고, 교회의 우물
위에는 비둘기들이 날아다니고 있었
다. 하지만 나에게 고아원을 가르쳐 줄
만한 사람은 한 사람도 보이지 않았다. 그때 한 노파
를 발견했다.

　노파는 문 앞 구석에 웅크리고 앉아 실을 잣고 있
었다. 노파에게 내가 찾고 있는 고아원을 물어보자,
손에 들고 있던 고치 꾸러미를 들어 한쪽을 가리켰
다. 그러자 이상하게도 그때까지 보이지 않던 고아원
이 내 눈앞에 우뚝 솟아 있었다. 고아원 건물은 컸지
만 몹시 음침하고 컴컴했다. 고아원 정문 현관에는
라틴어를 몇 자 새긴 오래된 붉은 사암 십자가가 있
었다. 그 옆에 고아원보다 작은 집이 하나 눈에 띄었
다. 회색빛 대문과 뒤뜰이 있는 것으로 보아 이 집이
내가 찾는 집이구나 하는 생각에 노크도 하지 않고
안으로 들어갔다.

　장밋빛으로 칠한 서늘하고 조용한 복도, 밝은 빛의

발을 통해 보이는 조그마한 정원, 판자에 그려져 있던 빛바랜 꽃과 바이올린 그림을 나는 영원히 잊지 못할 것이다. 마치 스덴(프랑스 작가, 1719~1797) 시대의 어느 나이 든 재판관 집에 온 것 같은 기분이었다. 복도 맨 끝 왼쪽에 반쯤 열린 문으로 커다란 시계의 똑딱거리는 소리와 한 음절씩 또박또박 끊어서 글을 읽는 어린아이의 목소리가 들렸다.

"그때 성자 이레네가 외치기를 나는 천주의 밀알이다. 나는 저 동물들의 이빨에 뜯기어 가루가 되리라."

나는 살며시 문으로 다가가 안을 들여다보았다. 조용하고 햇빛이 희미하게 비치는 좁은 방 안에 사람 좋아 보이는 한 노인이 소파에 기대앉아 잠을 자고 있었다. 그의 발밑에서 수도원의 고아들이 입는 커다란 하늘색 외투를 입고, 조그마한 모자를 쓴 어린 소녀가 자기보다 더 큰 《이레네 성자전》이라는 책을 읽고 있었다. 소녀의 책 읽는 소리는 집 안 전체를 신비롭게 만들었다. 노인은 소파에서, 파리들은 천장에서, 카나리아는 창문 옆의 새장 안에서 잠들어 있었다. 커다란 괘종시계는 똑딱똑딱하며 코를 골고 있었다. 방 안에서 잠들지 않고 깨어 있는 것은 닫힌 이중창 틈새로 곧게 새어 드는 햇빛뿐이었고, 그 빛 속에서 무수한 불꽃을 반짝이며 가는 먼지가 방 안에 하늘거리고 있었다. 모두 졸고 있어도 소녀는 엄숙한 목소리로 계속 낭독했다.

"곧 두 마리의 사자가 성자에게 달려 들어 그를 삼켜 버렸노라."

내가 방 안에 들어선 것은 바로 그때였다. 이레네의 사자가 방 안에 뛰어들었다 해도 그만큼은 놀라지 않았으리라. 어린 소녀가 놀라 소리를 지르는 바람에 커다란 책이 방 바닥에 굴러 떨어지고, 카나리아와 파리들이 잠에서 깨고, 괘종시계가 울렸으며, 노인도 깜짝 놀라 벌떡 일어났다. 나도 조금 당황하여 문 앞에서 발을 멈추고 큰 소리로 외쳤다.

"여러분, 안녕하세요! 저는 모리스의 친구입니다."

아! 그때 만일 여러분이 그 가여운 노인을 보았다면 무슨 생각을 했을까? 두 팔을 벌리며 나에게 달려온 노인은 나를 부둥켜안았다. 그러고는 내 두 손을 꼭 잡고 방 안을 이리저리 뛰어다니며 말했다.

"아아, 이럴 수가!"

노인의 얼굴에 웃음이 가득했다. 그는 더듬거리며

말했다.

"아! 자네가 어떻게……."

그러고는 안쪽을 향하여 소리쳤다.

"마메트!"

문이 열리자 층계에서 발소리가
들려왔다. 마메트였다. 리본이 달린
모자에 주홍빛 옷을 입고, 나를 맞
이하기 위해 옛날에 유행하던 수를
놓은 손수건을 손에 들고 있었다.
할머니는 누구와도 비교할 수 없을
만큼 아름다웠다. 더욱 놀라운 것은
두 노인이 서로 너무도 닮았다는 것

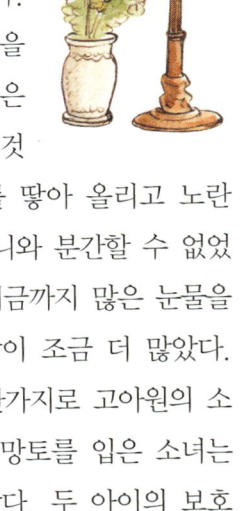

이었다. 만일 할아버지가 머리를 땋아 올리고 노란
리본이 달린 모자를 썼다면 할머니와 분간할 수 없었
으리라. 다만 마메트 할머니는 지금까지 많은 눈물을
흘려서인지 할아버지보다 주름살이 조금 더 많았다.
마메트 할머니도 할아버지와 마찬가지로 고아원의 소
녀 하나를 데리고 있었다. 푸른 망토를 입은 소녀는
할머니 곁을 잠시도 떠나지 않았다. 두 아이의 보호
를 받고 있는 노부부를 보는 것이 더욱더 가슴을 아
프게 했다는 것은 쉽게 상상할 수 있으리라.

방 안에 들어서자 마메트 할머니가 아주 정중하게 나에게 인사하려 했다. 그러나 할아버지의 말 한마디에 할머니는 인사를 멈추었다.

"모리스의 친구라오."

할아버지의 말을 들은 할머니는 몸을 부르르 떨면서 눈물을 흘리다가, 손수건을 땅에 떨어뜨리고 말았다. 할머니의 얼굴은 할아버지보다 더 빨개졌다. 가여운 이 노인들의 혈관에 남아 있는 피가 그리 많지 않을 텐데, 조금이라도 감동하면 몸속의 모든 피가 얼굴로 올라와 붉게 만드는 것이었다.

"어서 빨리 의자를……. 그리고 창문을 열어놓으렴."

할머니는 자기가 데리고 있는 소녀에게 말했다. 그들은 각각 내 손을 한쪽씩 붙들고 나를 좀더 자세히 보기 위해 나를 창문가로 데리고 갔다. 두 노인은 소파를 창문 가까이로 가져왔다. 나는 두 노인 사이에 있는 접의자에 앉았다. 우리 뒤에는 푸른 옷을 입은 두 소녀가 조용히 서 있었다. 노인들은 나에게 질문을 하기 시작했다.

"우리 손자 녀석은 잘 있나요? 무얼 하고 있어요? 그 애는 왜 오지 않나요? 별 불편 없이 잘 지내고 있겠지요?"

노인들과 이런저런 이야기로 몇 시간을 보냈다.

나는 모든 질문에 성실하게 대답했고, 친구에 대해서도 내가 알고 있는 한 자세하게 이야기해 주었다. 그러나 내가 알지 못하는 것은 그럴듯하게 꾸며서 말했다. 나는 특히 내 친구의 방문이 잘 닫히는지, 그의 방 벽지가 무슨 색인지에 대한 질문에는 주의해 본 적이 없다고 솔직히 고백하지 않았다.

"그 친구 방의 벽지 말입니까? 푸른색입니다. 맑은 하늘빛이요. 꽃줄기가 달린……."

"정말 그래요?"

할머니는 감동하여 말했다. 그러고는 남편을 향해 말했다.

"그 애는 참 착한 애예요."

"암, 그렇고말고. 참 착한 애야!"

내가 말하는 내내 그들은 알아들었다는 듯이 서로 머리를 끄덕이고 엷은 웃음을 머금은 채 눈을 깜박거렸다. 할아버지는 나에게 몸을 가까이 하며 말했다.

"좀더 큰 소리로 말해 주시오. 할멈이 귀가 좀 멀어서 말이야."

그러자 할머니도 부탁했다.

"미안하지만 좀더 큰 소리로 말해 줘요. 할아버지는 잘 듣지 못한 다오."

그래서 나는 큰 소리로 말했다. 두 노인은 미소를 지으며 나에게 고마워했다. 그리고 손자 모리스의 모습을 나에게서 찾아내려는지 나에게 몸을 굽혔다. 나도 그들의 메마른 미소 속에서, 오래도록 만나지 못한 친구의 모습을 발견하고 감동했다. 할아버지가 갑자기 소파에서 일어났다.

"여보, 아직 점심을 먹지 않았을 것 같은데!"

그러자 마메트는 깜짝 놀라 두 발을 위로 쳐들면서 말했다.

"저런! 아직까지 점심을……."

나는 이번에도 모리스에 대한 이야기라고 생각하고는, 착한 모리스는 점심 식사를 어김없이 정오에 먹는다고 대답하려 했다. 그런데 그것이 아니었다. 그들은 나에 대해서 이야기하고 있었던 것이다. 내가 아직 점심 식사를 하기 전이라고 고백했을 때의 대소동은 정말 볼만했다.

"얘들아, 빨리 점심상을 차리렴! 식탁은 방 한가운

데에 놓고 일요일에 쓰는 상보와 꽃무늬가 있는 접시를 내오너라. 그렇게 웃고만 있지 말고 어서 움직여!"

소녀들은 무척 서두른 모양이었다. 접시를 서너 개 정도 깨고 나서야 점심 식사가 준비되었으니.

"차린 건 없지만 맛있게 들어요."

마메트 할머니는 나를 식탁으로 안내하면서 말했다.

"그런데 혼자 드시게 해서 어쩌나. 우린 아침을 늦게 먹었어요."

가여운 노인들! 어느 시간에 찾아가도 그들은 언제나 아침을 늦게 먹었다고 말하는 법이다. 마메트 할머니의 맛있는 점심은 약간의 우유와 대추야자 열매, 바르케트라는 과자들이었다. 이 정도면 할머니와 카나리아가 적어도 일주일은 먹을 수 있는 양이었다. 그런데 나 혼자 이 양식을 모두 먹어 치웠다. 그러자 식탁 주위의 분위기가 이상해졌다. 푸른 옷을 입은 소녀들은 팔꿈치로 서로 쿡쿡 찌르며 수군거렸고, 새장 속에 있는 카나리아들도 '저 사람이 바르케트를 모두 먹어 버렸어!' 하고 이야기하는 것 같았다.

그러나 나는 맑고 조용한 방 안을 둘러보는 데 열

중하고 있었기 때문에 처음에는 그것을 전혀 눈치 채지 못했다. 특히 방 안에는 도저히 눈을 뗄 수 없는 조그마한 침대가 두 개 있었다. 마치 요람 같은 이 침대들을 보며 아직도 이불 속에 파묻혀 있을 두 노인을 생각했다. 3시가 울리면 두 노인이 잠을 깰 시간이다.

"마메트, 아직 자오?"

"아니오. 안 자요."

"모리스는 착한 아이지?"

"그럼요, 착한 애고말고요."

이렇게 가지런히 놓인 두 개의 조그마한 낡은 침대를 보면서 나는 이런 대화를 상상했다.

그동안 방안 끝에 있는 찬장 앞에서 무시무시한 일이 벌어졌다. 할아버지는 찬장 맨 위칸에 있는 버찌가 담긴 브랜디를 내리려는 것이었다. 그 브랜디는 모리스가 오면 주려고 십 년 전에 담가 놓은 것인데 나를 위해 그것을 내놓겠다는 것이었다. 마메트 할머니의 만류에도 노인은 몸소 브랜디를 내리겠다고 고집을 부렸다. 그리고 의자 위에 올라가 찬장 맨 위로 손을 뻗는 것을 보고 할머니는 깜

짝 놀랐다. 지금도 그 광
경이 눈에 선하다. 노
인은 손을 부들부들
떨면서 몸을 추켜올
렸고, 푸른 옷을 입
은 두 소녀는 의자를
꼭 붙잡았으며, 마메트

할머니는 그 뒤에서 헐떡거리
며 두 팔을 위로 뻗쳤다. 그리고 열린 찬장과 갈색
리넨 무더기에서 풍겨 나오는 베르가모트 향기. 그것
은 정말로 아름다운 광경이었다.

　모진 애를 쓰고 할아버지는 마침내 찬장에서 귀한
브랜디 병과 함께 모리스가 어렸을 때 쓰던 낡아 빠
진 은잔도 끌어냈다. 그리고 은잔 가득히 버찌를 담
아 주었다. 모리스는 버찌를 참 좋아했다며 자꾸 나
에게 권했다. 그러면서 먹고 싶은 표정으로 속삭였다.

　"자네는 참 운이 좋네. 이것을 먹을 수 있으니 말
이야. 이건 우리 할멈이 직접 만들었지. 맛이 아주 근
사할 거야."

　아뿔싸! 할머니가 손수 만드신 건 좋은데 설탕 넣
는 걸 깜빡 잊으셨나 보다. 하는 수 없지. 나이가 들

면 정신이 없게 마련이니까. 마메트 할머니! 할머니의 버찌 맛은 지독하군요. 그러나 나는 눈살도 찌푸리지 않고 끝까지 먹어 치웠다. 식사를 끝내자 나는 두 노인에게 작별 인사를 하려고 일어섰다. 그들은 좀더 오랫동안 손자에 대해 이야기하고 싶어했지만 나는 떠나야 했다. 할아버지는 나와 함께 자리에서 일어났다.

"할멈, 내 옷 좀……. 이 양반을 광장까지 바래다 줘야겠어."

마메트 할머니는 내심 나를 광장까지 바래다주기에는 바깥 날씨가 약간 쌀쌀하다고 생각했을 것이다. 하지만 아무런 내색도 하지 않고 옷 입는 것을 도와주며 조용히 말했다.

"너무 늦지 않게 돌아오세요, 영감?"

그러자 할아버지는 다소 짓궂은 말투로 말했다.

"허허, 그야 알 수 없지……."

두 노인은 서로 마주 보며 웃었다. 푸른 옷을 입은 소녀들도 노인들이 웃는 것을 보고 따라 웃었다. 새장 속에 있는 카나리아도 그들과 같이 웃고 있었다. 우리끼리 이야기지만 버찌 냄새로 모두 약간씩 취해 있었던 것 같다. 할아버지와 내가 밖으로 나왔을 때 는 이미 밤이 깊었다.

　푸른 옷을 입은 소녀가 할아버지를 모시고 돌아가기 위해 멀리 떨어져 우리 뒤를 따라오고 있었다. 그러 나 할아버지에게는 그 소녀가 보 이지 않았다. 할아버지는 내 팔 에 매달려 젊은이처럼 걷는 것을 몹시 자랑스러워했다. 마메트 할 머니는 기쁜 표정으로 입구 층계 에서 그 모습을 바라보았다. 할머니가 우리를 보며 가볍게 머리를 끄덕이는 모습이 마치 이렇게 말하는 것 같았다.

　"역시 우리 영감은 아직도 잘 걸을 수 있어."

장군은 당구를 치고 있었다.

그래서 병사들이 명령을
기다리고 있는 것이다.

장군이 당구를 시작하면
하늘이 두 쪽 나도

승부가 날 때까지는 어느 누구도
경기를 방해하지 못한다.

당구

당구

아무리 고참 병사라도 이틀 동안이나 전투를 계속하면 지치게 마련이다. 특히 어제처럼 배낭을 짊어진 채 억수처럼 쏟아지는 비를 맞으면서라면 말할 것도 없다. 게다가 3시간 동안이나 길가의 흙탕물 속에서 기다리고 있었다.

며칠을 뜬눈으로 새운 병사들은 흠뻑 젖은 군복을 입은 채, 지친 몸을 녹이고 또 지탱하기 위해서 서로 몸을 기댄다. 옆에 있는 병사의 배낭에 기댄 채 잠든 병사도 있다. 잠에 취해 눈이 풀린 병사의 얼굴에서 누적된 피로의 흔적을 읽어낼 수 있다.

비와 진흙 속에서 불도 먹을 것도 구할 수 없었고 하늘은 낮고 어두웠다. 적이 사방에 흩어져 숨어 있는 것처럼 음산했다. 숲 쪽으로 포구를 돌린 대포는 무엇인가를 기다리는 듯했다. 숨겨진 기관총은 지평

선을 겨냥하고 있었다. 공격을
위한 모든 준비는 갖춰져 있다.
그런데 왜 아무런 일도 일어나
지 않는 것일까? 도대체 그들은 무엇
을 기다리고 있는 것일까? 그들은 사
령부의 명령을 기다렸지만 아무런 소식이 없었다.

그렇다고 사령부가 멀리 떨어져 있는 것도 아니었
다. 빨간 벽돌로 쌓은 아름다운 루이 13세 시대의 성
이 바로 사령부였다. 그야말로 프랑스의 깃발을 달아
도 손색없을 정도로 웅장한 곳이었다.

사령부는 깊은 구렁과 험한 돌난간으로 둘러싸여
있으며 돌난간 뒤로는 잔디가 층계까지 똑바로 뻗어
있었다. 저택 안쪽에는 소사나무 사이로 빛이 아롱거
리고, 거울처럼 맑은 연못에서는 백조가 헤엄치고 있
었다. 비록 성에 살던 사람들은 떠났지만 전쟁이 몰
고 온 파괴의 흔적은 어디서도 찾아볼 수 없었다. 잔
디 위의 작은 꽃조차도 다치지 않았는데 그것은 말로
표현할 수 없을 정도로 매혹적인 광경이었다. 질서
정연하게 다듬어진 가로수 길, 조용하고 그늘이 드리
운 풍경은 매우 평화로웠다. 만약 지붕 위의 깃발과
정문 앞에서 보초를 서는 두 병사만 없다면 누구도

이곳에 사령부가 있다고 생각할 수 없을 것이다.

마구간에서 쉬고 있는 말과 당번 사병, 부엌 근처를 왔다갔다하는 연락병, 그리고 넓은 뜰의 흙을 쇠스랑으로 조용히 고르고 있는 빨간 바지를 입은 정원사를 여기저기서 볼 수 있을 뿐이었다. 층계를 향해 창이 나 있는 식당에는 치우다 만 식탁이 있고, 구겨진 식탁보 위에는 마개가 열린 병과 뽀얀 빈 컵이 흩어져 있었다. 아마 식사가 끝나고 손님들이 떠난 모양이다. 옆방에서는 떠들썩한 이야기 소리, 웃음소리, 당구공 굴러가는 소리, 컵 부딪치는 소리가 요란하게 들려왔다. 장군은 당구를 치고 있었다. 그래서 병사들이 명령을 기다리고 있는 것이다. 장군이 당구를 시작하면 하늘이 두 쪽 나도 승부가 날 때까지는 어느 누구도 경기를 방해하지 못한다.

당구! 이것이 위대한 장군의 최대 결점이었다. 그는 당구를 칠 때 마치 싸움터에 나간 병사처럼 진지해진다. 정복 차림에 가슴에는 훈장을 잔뜩 달았으며, 눈은 빛나고 뺨은 상기해 있었다. 식사 때 마신 럼주와 게임에 대한 기대로 그의 얼굴은 생기가 돌았다. 참모들은 장군이 공을 칠 때마다 감탄을 했다. 장군이 한 점을 얻으면 앞다투어 기록을 하고, 장군이 목이 마르다고 하면 일제히 럼주를 대령하는 것이었다. 장군이 움직일 때마다 견장과 깃털 장식이 흔들리고 훈장들이 맞부딪쳐 요란한 소리를 냈다. 천장이 높은 이 응접실은 정원 쪽으로 떡갈나무가 벽을 두르고 있었다. 수를 가득히 놓은 멋들어진 새 군복을 입은 아첨꾼들이 상냥한 미소를 띠고 깍듯이 예의를 갖추는 모습을 보고 있으면 콩피에뉴의 가을이 연상되었다. 하지만 장군은 차가운 비를 맞으며 진흙으로 범벅이 된 군복을 입고 밖에서 덜덜 떨고 있는 병사들을 잊고 있었다.

장군의 상대는 참모부의 대위로, 키가 잘달막하고 고수머리에 허리에는 가죽 띠를 매고 밝은 빛깔의 장갑을 끼고 있었다. 그의 당구 실력은 매우 뛰어나 온 세계의 장군들을 모두 이길 수 있을 정도였다. 그러나 그는 장군을 잘 알고 있었기 때문에 경기를 이기지 않으면서, 그렇다고 너무 쉽게 지지도 않으려고 온갖 수단을 이용해 노력했다. 그는 확실히 장래가 유망한 군인이었다.

"조심하게, 대위. 장군께서 5점을 앞서고 계시네. 끝까지 이렇게 유지해야 해. 그러면 물론 승진은 보장되고, 지평선도 삼켜 버릴 것 같이 퍼붓는 비를 맞으며 다른 병사들과 함께 밖에 있는 것보다 진급이 훨씬 빠를 걸세."

경기는 갈수록 흥미진진했다. 그런데 갑자기 대포 소리가 들렸다. 둔탁한 포성이 유리창을 흔들자 모두 몸을 부르르 떨며 불안한 듯 서로를 쳐다보았다. 그러나 장군은 아무것도 보지도 듣지도 못하는 듯했다. 그는 오로지 당구대에 엎드려 공을 끌어낼 궁리만 하고 있었다. 그때 섬광이 번쩍였다. 대포가 짧은 간격으로 연달아 터지자 참모들이 창가로 달려갔다. 프러시아 병사들이 공격해 온 것인가?

"좋아, 공격하라고!"

장군은 큐에 초크를 칠하며 말했다.

"대위, 자네 차례야."

대포 소리는 더욱 요란해졌다. 대포 소리, 귀가 찢어질 듯한 기관총 소리와 분대의 소총 소리가 뒤섞여 들려왔다. 검붉은 연기가 잔디 저편에서 피어오르며 정원 안쪽이 불타고 있었다. 새장 속에 갇힌 공작과

황금빛 꿩이 놀라 푸드덕거렸다. 마구간에 있는 아라비아산 말이 화약 냄새를 맡고 흥분해서 날뛰었다. 사령부는 그제야 동요하기 시작했다. 계속해서 급보가 날아들고, 장군을 만나기 위해 기병 전령이 말을 몰아 도착했다. 그러나 장군은 만날 수 없었다. 왜냐하면 장군은 승부가 날 때까지는 무슨 일이 있어도 경기를 중단하지 않기 때문이다.

"대위, 자네 차례라니까!"

그러나 대위는 위기 상황에 몹시 당황하여 제 실력대로 연달아 점수를 내는 바람에 장군을 거의 이길 뻔했다. 그러자 장군이 화를 냈다. 그의 사내다운 얼굴에 놀라움과 노여움이 여실히 드러났다. 때마침 쏜살같이 달려온 말이 정원으로 뛰어들었다. 진흙투성이의 참모는 보초가 막아서는데도 단숨에 현관 계단을 올라왔다.

"장군님! 장군님!"

장군이 참모를 맞는 모습이 참으로 가관이었다. 그는 화가 치밀어서 수탉처럼 얼굴이 빨개진 채 창가로 나와 소리쳤다.

"무슨 일이야? 여기엔 보초도 없나?"

"하지만 장군!"

"좋아, 곧 가지. 내 명령을 기다려! 빌어먹을."

그리고는 창을 닫아 버렸다. 빗발이 몰아치고 머리 위로 유탄이 떨어졌지만 불쌍한 병사들은 그대로 있을 수밖에 없었다. 몇몇 대대는 왜 총을 든 채 가만히 있어야 하는지 이유도 모른 채 멍하니 서 있었다. 다른 대대는 다 짓밟히고 말았다. 하지만 병사들은 어쩔 수 없이 명령을 기다릴 뿐이었다. 그러나 죽는 데는 명령이 필요 없기 때문에 수백 명의 병사는 덤불 뒤나 도랑 속, 성 앞에서 쓰러져 갔다. 쓰러진 뒤에도 총탄은 계속해서 그들 위에 쏟아졌고, 상처에서는 피가 소리 없이 흘렀다. 이때 당구를 치고 있는 방에서도 전투가 한창 치열했다. 장군이 다시 우세했지만 대위도 여전히 사자처럼 방어하고 있었다.

17, 18, 19……. 참모들은 겨우 점수를 기록했다. 총성은 점점 가까이 들렸다. 장군은 한 점만 더 얻으면 이기는 상황이었다. 포탄은 이미 정원에 떨어졌고, 분수 위에도 포탄이 떨어졌다. 거울이 깨지는 듯한 소리가 들리고 겁먹은 백조가 피에 젖은 날개를 파닥거리며 헤엄쳤다.

이제 마지막, 마지막 한 번만 치면 경기는 끝나게

된다. 이제 모든 것이 조용해졌다. 다만 소사나무 위
에 쏟아지는 빗소리와 언덕 밑에서 들려오는 무엇인
가 움직이는 소리, 그리고 흠뻑 젖은 길 위로 가축
떼가 몰려가듯 서둘러 달려가는 군화 소리. 병사들이
패하여 후퇴하는 소리였다. 장군은 결국 당구 경기에
서 이겼다.

어린 산양은 열 번 이상이나
늑대가 숨을 돌이키기 위해

후퇴하지 않을 수 없게 했다.

잠깐 동안 휴전할 때에도 산양은

재빨리 자기가 좋아하는 약간의 풀을 뜯어
입에 가득 물고는 다시 싸움을 시작했다.

스갱 씨의
산양

스갱 씨의 산양

파리의 서정 시인 피에르 그랭구아르 군에게

　자네의 신세는 언제나 마찬가지일 것일세, 가여운 그랭구아르 군! 파리의 일류 신문 기자 자리를 자네에게 준다고 했다던데, 그것을 굳이 거절하다니. 그래 자네 모습을 보게, 이 가여운 친구야! 그 구멍 뚫린 웃옷, 다 해진 바지, 굶주림을 호소하는 듯한 얼굴을 좀 보게. 아름답다는 시에만 몰두하고 있기 때문이 아닌가! 십 년이라는 세월을 보낸 결과라네. 그래도 자넨 부끄럽지 않단 말인가?

　그러니 신문 기자가 되게, 이 바보 같은 친구야! 그러면 좋은 식당에서 식사를 할 수 있는 돈이 생길 것이고, 연극도 볼 수 있을 것이며, 또 아름다운 깃털

이 달린 새 모자도 살 수 있다네. 싫다고? 원하지 않는다고? 그래서 언제까지 제멋대로 자유롭게 살고 싶단 말이지? 그럼 '스갱 씨의 산양' 이야기를 해 줄 테니 한번 들어 보게. 자유롭게 살려고 하다가 결국 어떻게 되는지 알게 될 걸세.

　스갱 씨는 지금껏 산양을 키워 재미를 본 일이 없었다. 그는 항상 같은 방법으로 자기의 산양을 잃어버렸다. 산양들은 끈을 끊고서 산으로 도망갔다. 그리고 산속에서 늑대에게 잡아먹혔다. 주인의 사랑이나 늑대에 대한 공포도 결국 산양들을 붙들어 놓을 수는 없었다. 이 산양들은 모두 탁 트인 곳과 자유를 원하는 독립심 강한 염소들이었다.

　산양의 성질을 전혀 이해하지 못한 마음씨 착한 스갱 씨는 깜짝 놀라 말했다.

　"이젠 끝이야, 산양들은 내 집이 싫은 모양이야. 이제부터는 산양을 기르지 않겠어."

　그러나 그는 용기를 잃지 않았다. 그리고 똑같은 방법으로 산양 여섯 마리를 잃은 후 그는 일곱 번째 산양을 샀다. 이번에는 곁에 오래 두기 위해 아주 어린 것으로 골랐다.

아! 그랭구아르 군, 스갱 씨의 어린 산양은 얼마나 예쁜지! 두 눈은 부드럽고 턱수염이 나고, 까만 발톱은 반짝반짝하고, 뿔에는 줄무늬가 있고, 희고 긴 털이 전신을 덮고 있는 참 예쁜 놈이었네! 에스멜란다의 새끼염소 못지않게 귀여웠지. 게다가 주인도 잘따르고 성격도 온순해서 젖을 짤 때도 움직이지 않고 가만히 있었지. 참 정이 가는 산양이었어.

스갱 씨는 산양이 자유롭게 돌아다닐 수 있도록 집 뒤에 있는 울타리에 매어 놓았다. 그러고는 혹시라도 불편하지나 않을까 하고 자주 살펴보았다. 산양은 대단히 만족해서 스갱 씨가 기뻐 어쩔 줄 모를 정도로 맛있게 풀을 뜯어 먹었다. 불쌍한 스갱 씨는 생각했다.

'드디어 내 집을 좋아하는 놈이 생겼구나!'

그러나 그것은 오해였다. 그의 산양은 어느덧 싫증이 난 것이다. 어느 날 산양은 산을 바라보며 생각했다.

　'저 산꼭대기에서 살면 얼마나 좋을까! 목을 조이는 끈도 없이 마음껏 뛰어놀면 얼마나 즐거울까. 울 안에서 풀을 뜯어 먹는 것은 당나귀나 소한테는 좋을지 모르지만 산양에게는 넓은 들판이 필요해.'

　그때부터 산양은 울안에 있는 풀이 맛이 없었다. 산양은 이곳이 싫어졌다. 산양은 점점 말라 갔고 젖도 잘 나오지 않았다. 하루 종일 긴 끈을 당기며 산쪽으로 머리를 돌려 콧구멍을 벌름거리며 슬프게 '매' 하고 울어댔다. 스갱 씨는 산양에게 무슨 일이 일어나고 있다는 것은 알아챘지만, 왜 그런지는 깨닫지 못했다.

　어느 날 산양이 스갱 씨에게 말했다.

　"아저씨, 저를 산으로 보내 주세요. 여기에 계속 있으면 죽을 것 같아요. 그러니 저를 산으로 보내 주세요."

　"네 녀석도 역시!"

　스갱 씨는 실망해서 소리를 질렀다. 그 바람에 스갱 씨는 들고 있던 양동이를 떨어뜨렸다. 그리고 산양과 같이 풀 위에 앉아 이야기했다.

"어찌 된 거냐, 블랑케트. 날 떠나고 싶은 것이냐?"

블랑케트가 대답했다.

"네, 스갱 씨."

"끈이 너무 짧아서 그러니? 그럼 끈을 더 길게 해 줄까?"

"그런 건 아무래도 상관없어요."

"그럼 무엇이 필요하니?"

"저 산으로 가고 싶어요, 스갱 씨."

"오, 불쌍한 녀석. 산속엔 늑대가 있다는 걸 모르니? 늑대를 만나면 어떻게 하려고 그러니?"

"뿔로 받겠어요."

"늑대는 너의 뿔 같은 건 무서워하지 않는단다. 그놈은 네 뿔 따위는 겁내지 않아. 그리고 너보다 훨씬 크고 힘센 어미 산양들까지 잡아먹었어. 작년에 여기에 있던 불쌍한 르노드 잘 알지? 르노드는 힘이 아주 세고, 수놈같이 사나웠고, 밤새도록 늑대와 싸웠지만 아침이 되자 결국 늑대한테 잡아먹히고 말았어."

"불쌍한 르노드……. 그래도 괜찮아요, 스갱 씨. 제발 보내주세요."

"맙소사. 내 산양들은 도대체 어떻게 된 셈일까?

늑대한테 희생될 놈이 또
한 마리 생겼구나! 그러
나 안 되지. 네가 뭐라
고 해도 난 너를 구할
거야. 네가 끈을 끊으
면 큰일이니 우리 속에
가두어야겠다. 넌 언제까지
나 그곳에 있어야 해."

　그러고 나서 스갱 씨는 산양을 어두운 우리 속에
가두고 문을 이중으로 닫았다. 그러나 그는 창문 닫
는 것을 깜박 잊었다. 그가 돌아서 나가자마자 산양
은 곧 도망쳤다.

　자넨 웃겠지, 그랭구아르 군? 하지만 그 웃음이 얼
마나 계속될지 두고 볼 일이라네.

　어린 산양이 산에 다다르자 산 전체가 황홀해 보였
다. 여러 해 묵은 전나무들도 지금까지 그렇게 예뻐
보인 적이 없었다. 산양은 마치 어린 여왕과도 같이
환대를 받았다. 밤나무들은 나뭇가지로 산양을 쓰다
듬기 위해 땅에까지 닿도록 몸을 굽혔다. 황금빛의

금작화는 산양이 지나가는 길가에 꽃을 피우고 아름
다운 향기를 뿜었다. 산 전체가 블랑케트를 환영했다.

상상이 되지? 그랭구아르 군. 그 어린 산양이 얼마
나 기뻐했는지를 말일세! 이젠 울타리도 없고 말뚝도
없고, 마음껏 뛰어다니고, 풀을 뜯어 먹어도 아무도
방해하지 않을 테니⋯⋯.

풀도 얼마나 무성하게 자라나 있는지 뿔을 다 덮을
정도였다. 그리고 꽃이 크고 푸른 풍령초, 꽃받침이
긴 진홍빛의 디기탈리스, 향이 강한 야생의 꽃들이
숲 도처에 활짝 피어 있었다. 숲의 아름다움에 취한
어린 산양은 그 속에서 뒹굴다가 갑자기 벌떡 일어서
서 기운차게 달리기 시작했다. 머리를 앞으로 내밀고
덤불 속과 회양목 숲을 지나기도 하고, 산꼭대기에
또는 계곡 구석진 곳에, 높은 곳 낮은 곳 할 것 없이
여기저기 뛰어다녔다.

얼마나 뛰어다녔는지 마치 산중에는 스갱 씨의 산
양이 열 마리도 넘는 것 같았다. 어린 산양은 아무것
도 두렵지 않았다. 산양은 언덕 밑에 있는 스갱 씨의
집을 발견했다. 그것을 보니 눈물이 날 정도로 웃음

이 났다. 그리고 산양은 잠깐 동안 생각했다.

'내가 어떻게 저런 작은 집에서 살았을까?'

불쌍한 스갱 씨! 이렇게 높은 곳에 앉아 있는 자신을 보고 어린 산양은 자신이 이 세상 누구 못지않게 위대하다는 생각이 들었다. 아무튼 그날은 스갱 씨의 산양에게는 몹시도 즐거운 하루였다. 정오 때쯤 어린 산양은 포도를 맛있게 먹고 있는 영양 떼를 만났다. 영양들은 친절하게도 어린 산양에게 가장 좋은 포도를 내주었다. 그뿐만 아니라 까만 털이 난 어린 영양 한 마리가 운 좋게 블랑케트의 마음에 들었다. 두 애인은 한두 시간 동안 숲 속을 방황했다.

갑자기 바람이 선선해졌다. 산은 보랏빛으로 변했다. 어느새 저녁이 되었다. 어린 산양은 놀라 걸음을 멈추었다. 저 밑에 보이는 들판은 짙은 안개 속에 묻혀 있었다. 스갱 씨의 밭은 안개 속에 가려져 보이지 않았고, 조그마한 집은 약간의 연기가 나는 지붕만 조금 보였을 뿐이었다.

집으로 몰고 가는 양 떼의 방울 소리가 들렸다. 그러자 어린 산양의 마음이 몹시 쓸쓸해졌다. 보금자리로 돌아가던 큰 매 한 마리가 날

개로 어린 산양을 스치고 지나갔다. 산양은 몹시 놀라 몸을 부르르 떨었다.

산속에서 짐승의 울음소리가 들려왔다.

"우! 우!"

어린 산양은 곰과 늑대를 연상했다. 하루 종일 정신없이 지내느라 늑대를 미처 생각하지 못했다. 그때 저 멀리 산골짜기에서 나팔 소리가 났다. 그것은 마음이 착한 스갱 씨가 마지막으로 부는 나팔 소리였다.

"우! 우!"

늑대가 울었다.

"되돌아와! 돌아와!"

나팔이 외쳤다. 블랑케트는 돌아가고 싶었다. 그러나 말뚝과 자기를 잡아 맨 끈과 밭을 둘러싼 울타리를 생각하니, 이젠 더는 그런 생활을 할 수 없을 것 같았다. 어느  덧 나팔 소리가 그쳤다. 어린 산양은 자기 뒤에서 나뭇잎 소리가 나는 것을 들었다. 돌아다보니 어둠 속에 짧고 곤두선 두 귀와 반짝이는 두 눈이 보였다. 늑대였다. 커다란 늑대는 꼼짝도 않고 뒷발로 앉아

산양을 쳐다보며 입맛을 다셨다.

"하하! 스갱 씨의 어린 산양이로군."

늑대는 빨갛고 큰 혓바닥으로 길게 늘어진 입술을 핥았다. 블랑케트는 어지러웠다. 순간 밤새도록 싸우다가 아침에 드디어 잡아먹혔다는 르노드의 이야기가 생각났다.

스갱 씨의 산양은 머리를 숙이고 뿔을 앞으로 내밀어 늑대를 공격했다. 늑대는 숨을 돌이키기 위해 열 번 이상이나 후퇴하지 않을 수 없었다. 잠깐 동안 휴전할 때에도 산양은 재빨리 자기가 좋아하는 약간의 풀을 뜯어 입에 가득 물고는 다시 싸움을 시작했다.

이런 싸움이 밤새도록 계속되었다. 때때로 스갱 씨의 산양은 맑은 하늘에서 반짝이는 별들을 바라보며 생각했다.

'날이 샐 때까지 견딜 수만 있다면…….'

별이 하나 둘 사라졌다. 블랑케트는 더 용감하게 뿔로 받고, 늑대는 더욱더 심하게 물어뜯었다. 희미한 빛 한줄기가 지평선에 나타났다. 닭 우는 소리가 산골짜기 밑에 있는 밭에서 들려왔다. 살기 위해 날이 새기만 기다리고 있던 산양은 아름다운 흰 털을 붉은 피로 물들이며 땅바닥에 쓰러졌다. 그러자 늑대는 어린 산양에게 덤벼들어 물어뜯었다.

그럼 잘 있게 그랭구아르 군! 자네에게 들려 준 이 이야기는 내가 생각해낸 것이 아니라네. 만일 자네가 언젠가 프로방스 지방에 오게 된다면 이 지방의 농민들은 자네에게 스갱 씨의 산양에 대해 종종 이야기할 것일세. 밤새도록 늑대와 싸우다가 아침이 되어 늑대에게 잡아먹힌 스갱 씨의 산양 이야기를 말일세. 내 말 잘 알았나? 그랭구아르 군. 밤새도록 늑대와 싸운 스갱 씨의 염소는 아침이 되어 늑대에게 잡아먹혔다네.

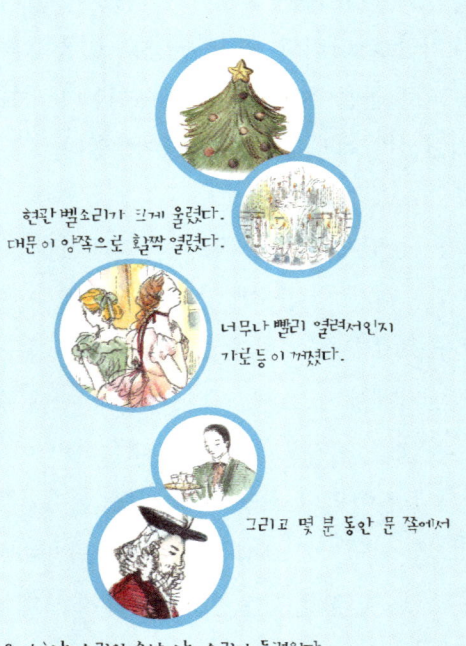

현관 벨소리가 크게 울렸다.
대문이 양쪽으로 활짝 열렸다.

너무나 빨리 열려서인지
가로등이 꺼졌다.

그리고 몇 분 동안 문 쪽에서

옷 스치는 소리와 속삭이는 소리가 들려왔다.

크리스마스
이야기

크리스마스
이야기

마레 가(街)의 탄산수 제조 업자인 마제스테 씨는 루아얄 광장 주변에 있는 친구 집에서 조촐한 크리스마스 파티를 막 끝내고 콧노래를 부르며 집으로 돌아오고 있었다. 멀리 생 폴 성당에서 2시를 알리는 종소리가 들려왔다.

'늦었군!'

그는 이렇게 중얼거리며 걸음을 재촉했다. 그러나 길이 어두운데다 미끄러웠다. 게다가 생긴 지 오래된 이 동네는 꼬불꼬불 굽이진 길, 막다른 길, 기사들을 위한 문 앞의 차단봉 등이 곳곳에 설치되어 있었다. 이 모든 것은 길을 빨리 가는 데 방해가 되고 더구나 파티에서 마신 술 때문에 발이 무거웠고 눈앞이 흐렸다.

마제스테 씨는 집에 도착하여
화려하게 장식된 대문 앞에
섰다. 거기에는 새로 금박
을 한 가문이 달빛에 빛나
고 있었다. 그는 가문의 문
장을 상표로 정했다. 이곳은
지난날 네몽 가의 저택이었으나
지금은 탄산수 제조 업자 마제스테 2세의 저택이다.
대문을 열면 바람이 잘 통하는 넓은 마당이 나오는데
낮에 문을 열고 있으면 길이 훤히 보인다.

마당 안쪽에는 아주 낡고 큰 건물이 있고 검은 외
벽에는 섬세한 장식이 조각되어 있었다. 또한 철로
된 원형 기둥이 늘어선 발코니, 창살이 있는 몹시 기
다란 창, 큰 지붕에 이어진 작은 지붕의 수만큼 솟아
오른 기둥머리가 자태를 자랑하듯 서 있었다. 그리고
지붕 밑 방의 채광창은 아치형으로 멋을 부렸으며 거
울처럼 둘레에 꽃 장식이 붙어 있었다. 그 위로 비를
맞아서 닳고 푸른 빛깔이 도는 돌층계와 벽이 있는데
거기에는 포도 넝쿨이 창고의 도르레에서 흔들리고
있는 노끈처럼 검고 비비 꼬인 채 엉켜 있어 고풍스

럽고도 슬픈 풍경이었다.

이것이 그 옛날 네몽 집 안의 저택이다. 낮에는 저택의 모습이 초라하지 않다. 출납 창고, 공장 입구 등의 문자가 여기저기 낡은 벽 위에 금빛으로 빛나 건물이 다시 살아나는 것 같았다. 화물 열차가 선로를 달려와 대문을 세차게 흔들어대면 점원들이 상품을 받으려고 귀 뒤에 펜을 꽂고 입구의 층계로 달려갔다. 마당에는 상자와 바구니, 지푸라기, 포장용 천이 어지럽게 흩어져 있어 공장이 있다는 걸 실감할 수 있다. 그러나 밤이 되면 조용해지고 복잡한 지붕이 뒤얽혀 우거진 가운데에 겨울 달이 비치면 옛날 네몽가의 위풍당당한 모습이 되살아난다. 발코니에 레이스를 깔아 안마당은 넓어 보이고, 흐릿한 낡은 층계는 성당의 한구석처럼 느껴진다.

특히 이날 밤 마제스테 씨에겐 자기 집이 유달리 크게 느껴졌다. 황량한 마당을 지나가는데 자신의 발소리가 이상하게 들렸다. 층계는 몹시 크게 보이고 올라갈 때는 발이 무거웠다. 틀림없이 술을 마셨기 때문일 것이다. 2층에 올라와 발걸음을 멈추고 나서 숨을 가다듬고 창가로 갔다. 그러나 푸른빛을 띤 달이 비추는 아름다운 마당과 마치 하얀 두건같은 지붕을 쓰고 잠들어 있는 오래된 저택을 보자 낯선 곳에 있는 느낌이 들었다.

"만일 네몽 가의 사람들이 돌아온다면⋯⋯."

이때 현관 벨소리가 크게 울렸다. 대문이 양쪽으로 활짝 열렸다. 너무나 빨리 열려서인지 가로등이 꺼졌다. 그리고 몇 분 동안 문 쪽에서  옷 스치는 소리와 속삭이는 소리가 들려왔다. 사람들은 서로 다투듯 서둘러 들어오고 있었다. 시종들, 정말 많은 시종들이었다. 달빛에 번쩍거리는 유리로 된 마차 문에서 바람이 불어오며 두 개의 횃불이 타올랐다.

그 사이로 보이는 흔들리는 마차. 잠깐 사이에 마당은 사람들로 가득했다. 그리고 금세 충계 밑의 혼잡은 사라졌다. 사람들이 마차에서 내려 인사를 주고

받으며 마치 이 집에 대해 잘 아는 것처럼 이야기하
며 들어갔다. 층계 위에서는 옷 스치는 소리와 칼 부
딪치는 소리가 났다. 사람들은 흰 가루를 뿌려 놓은
듯 윤기가 없는 백발들뿐이었다. 다만 나지막한 목소
리, 소리 없는 미소, 가벼운 발걸음으로 보아서는 모
두 나이는 젊은 것 같았다. 생기를 잃은 눈, 광채가
없는 보석, 수단(수놓은 것같이 짠 비단)으로 짠 옛날
실크, 이런 것들을 횃불의 빛이 비추어 부드러운 분
위기로 바꾸어 놓았다. 칼을 차고 허리둘레를 크게
부풀려 약간 뽐내는 듯이 아름다운 인사를 할 때마
다, 틀어 올린 머리에서 흰 가루의 작은 구름이 날려
올라갔다.

그리고 곧 온 집안은 사람
들이 층계를 올라갔다 내
려갔다 하며 지붕 밑 방
의 채광창까지 불꽃이
활활 타올랐다. 마치
저녁놀이 유리창을 비
추듯이 네몽 가의 저택
에 온통 불이 켜졌다.
'아! 큰일이다! 저자들이 불

을 붙이려 하고 있네!'

마제스테 씨는 혼자 중얼거렸
다. 그리고 정신을 차려 마
당으로 내려갔다. 시종들
은 거기서 큰 불을 붙이
기 시작했다. 마제스테 씨
가 가까이 가서 말을 건넸다. 시종들은 그에게 대답
하지 않고 아주 낮은 소리로 자기들끼리만 이야기했
다. 마제스테 씨는 마음이 불편했다. 그래도 안심이
되는 것은 그 불이 높고 똑바로 타올랐지만 아무것도
태우지 않는다는 것이었다.

마제스테 씨는 층계를 지나 창고에 들어갔다. 색
바랜 금 조각들이 아직도 구석구석에서 빛나고 있었
다. 흘러간 세월의 추억처럼 약간 퇴색한 신화 그림
이 천장에 펼쳐지고 희미한 색조로 떠 있었다. 하지
만 이제는 커튼도 가구도 없다. 다만 바구니와 사이
폰 병이 가득 담긴 상자와 유리창 뒤에 검고 말라빠
진 리라나무 가지만 있을 뿐이다. 이제 창고 안은 빛
과 사람들로 가득 찼다. 마제스테 씨가 인사를 했지
만 아무도 그를 쳐다보지 않았다. 기사들 팔에 안긴
부인들은 새틴 망토 속에서 의식을 갖추며 애교를 떨

었다. 정말로 이들은 자기 집에 있는 것 같았다.

그림이 그려진 창 사이의 벽 앞에 작은 그림자 하나가 몸을 떨며 물었다.

"이게 나라고요? 내가 이런 곳에 있다니……."

그녀는 나무 벽 속에 서 있는 수렵의 여신을 바라보고 미소를 지었다. 여신은 날씬하고 얼굴은 장밋빛이며 이마에는 초승달을 달고 있었다.

"네몽, 여기 당신 가문 좀 보세요!"

사람들은 포장 위에 그려진, 마제스테라는 이름이 붙은 네몽 가의 가문을 보고 웃었다.

"아! 마제스테라? 아직도 프랑스에 폐하(마제스테의 뜻)가 있나 보죠?"

그녀는 끝날 줄 모르는 피리 소리 같은 웃음소리를 내며, 손가락을 세우고 입술엔 애교를 드러낸다. 갑자기 누군가 외쳤다.

"샴페인이 있다! 샴페인!"

"설마……."

"있다니까! 진짜 샴페인이야. 자, 백작 부인, 어서 크리스마스 잔치를……."

그들이 샴페인이라고 생각했던 것은 마제스테 씨의 탄산수였다. 약간 김이 빠지긴 했지만 상관없었다. 그

리고 불쌍한 이 그림자들은 머리가 그다지 튼튼하지 않아 탄산수의 거품으로도 점차 흥분되었다.

 미뉴에트가 연주되었다. 네몽 씨가 초청한 네 명의 솜씨 좋은 바이올리니스트들이 라모의 곡을 연주했다. 전부 삼박자로 빠른 템포였지만 약간의 우울감이 느껴졌다. 아름다운 노부인들이 조용히 춤추며 장중한 음악에 맞추어 인사하는 모습은 볼만한 광경이었다. 이 음악으로 인해 그들은 한층 젊어진 것 같았다. 또 금 테두리의 조끼, 금박을 두른 예복, 다이아몬드 고리가 달린 구두도 생기를 되찾았다.

벽의 판자까지도 이 옛날 곡을 듣고 되살아난 것처럼 느껴졌다. 200년 전부터 벽에 걸려 있던 낡은 거울은 온통 긁히고 모서리가 검게 되었으나, 이 곡을 아는 듯 부드럽게 빛을 내면서 옛날을 그리워하며 춤추는 사람들의 엷은 모습을 비추고 있었다. 이런 우아한 정경에 마제스테 씨는 어색해져서 상자 뒤에 웅크리고 앉아 그들을 바라보고만 있었다.

점점 밤이 깊어 가고 어느덧 날이 샜다. 유리창을 통해 마당이 훤히 보이고, 방 한쪽이 환해졌다. 빛이 들어오면서 사람들의 모습도 사라져 가고 알아볼 수 없게 되었다.

마침내 구석에 있는 키 작은 바이올리니스트밖에 보이지 않았다. 그마저 햇빛이 닿자 이내 사라져버렸다. 마당에서는 아주 흐릿하지만 마차의 모습과 에메랄드 반지를 끼고 머리에 흰 가루를 뿌린 사람들과, 시종이 보도 위에 던진 횃불의 마지막 불꽃이 보였다. 그 불꽃은 열린 대문으로 들어오는 운반차의 바퀴에 비치는 햇빛과 뒤엉키고 있었다.

맷돌은 먼지로 뒤덮였고, 그 위에서
바싹 마른 큰 고양이가 잠을 자고 있었습니다.

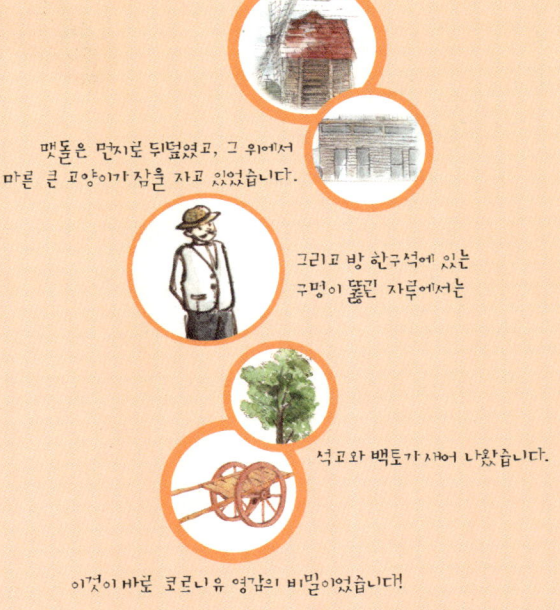

그리고 방 한구석에 있는
구멍이 뚫린 자루에서는

석고와 백토가 새어 나왔습니다.

이것이 바로 코르니유 영감의 비밀이었습니다!

코르니유 영감의
비밀

코르니유 영감의
비밀

가끔 나를 찾아와 밤새 피리를 불던 프랑세 마마이라고 하는 할아버지가 있었다. 어느 날 밤 그는 저녁 늦게 포도주를 마시며 마을에서 일어났던 슬픈 이야기를 해 주었다. 지금부터 이십 년 전, 지금 내가 살고 있는 이 풍차방앗간에서 있었던 일이다. 내가 눈물을 흘리면서 들은 할아버지의 이야기를 이제 여러분에게 전해주고 싶다.

여러분은 지금 향기가 그윽한 포도주 항아리 앞에 앉아 피리 부는 한 노인이 이야기를 듣고 있다고 상상해 보기 바란다.

옛날 이 고장은 지금처럼 사람이 없는 삭막한 곳은 아니었답니다. 제분업이 한창 활기를 띨 때에는 인근

백 리 안에 있는 농사꾼들이 밀을 빻으려고 모두 이 곳으로 왔답니다. 마을 주위에는 언덕마다 풍차가 서 있었습니다. 사방을 둘러봐도 눈에 띄는 것이라곤 온통 솔밭 위로 거센 바람에 돌고 도는 풍차의 날개와 자루를 가득 싣고 언덕길을 오르내리는, 작은 노새들의 행렬뿐이었습니다. 언덕 위에서는 한 주일 내내 채찍질하는 소리, 풍차 날개의 천이 펄럭이는 소리, 방앗간의 일꾼들이 노새를 모는 소리 등 듣기에도 기분 좋은 소리들이 들려왔습니다.

일요일이면 우리는 무리를 지어 방앗간으로 몰려갔습니다. 방앗간 주인은 우리에게 뮈스카(청포도 품종의 와인)를 내주었지요. 레이스가 달린 숄을 두르고 금 십자가를 목에 건 아낙네들은 마치 여왕처럼 아름다웠습니다. 나는 항상 피리를 가지고 다녔지요. 사람들은 캄캄한 밤이 될 때까지 프랑돌(프로방스 지방의 춤)을 추었습니다. 풍찻간이야말로 우리 고장의 기쁨이고 재산이었습니다.

그런데 불행히도 도시 사
람들은 타라스콩 마을에 증
기 제분 공장을 세울 생각
을 했습니다. 마침내 마을
사람들은 이 제분 공장에서 밀을 가져갈 수 있었습니
다. 그러자 불쌍한 풍찻간은 할 일이 없어졌지요. 처
음 한동안은 그들과 맞서 보려 했지만 결국 증기에는
이길 수 없어 풍찻간은 하나 둘 문을 닫기 시작했습
니다. 이제는 귀여운 노새들도 볼 수 없었고……. 결
국 아름다운 방앗간 아낙네들은 금 십자가를 팔 수밖
에 없었어요. 뮈스카도 마실 수 없고, 프랑돌도 이젠
마지막입니다. 바람이 아무리 불어도 풍차의 날개는
움직이지 않았습니다.

어느 날 면에서 나와 쓰러져 가는 풍찻간을 헐고
그 자리에 포도나무와 올리브나무를 심었습니다. 이
렇게 하나 둘 쓰러져 가는데도 단 하나의 풍차만은
당당하게 버티고 서서, 증기 제분 공장들과 같이 언
덕 위에서 기세등등하게 돌고 있었습니다. 바로 코르
니유 영감의 풍찻간이었습니다. 우리는 지금 이 풍찻
간에서 이야기하며 밤을 새우고 있는 것이지요.

코르니유 영감은 육십 년을 밀가루 속에서 살아왔

고, 또 자기 일에 열심인 늙은 방앗간 주인이었습니다. 제분 공장이 들어서자 할아버지는 넋이 나간 사람 같았습니다. 그는 일주일 동안 동네를 뛰어다니면서 사람들을 모아 놓고 고래고래 소리를 지르면서 떠들어댔습니다.

'저 녀석들이 제분 공장의 밀가루로 프로방스 지방 사람들을 독살하려 한다.'

"저 녀석들한테 가지 말아요. 저놈들은 빵을 만드는 데 악마가 생각해 낸 증기를 사용하고 있어."

이렇듯 헤아릴 수 없이 많은 말을 생각해 내면서 풍차를 선전했지만 아무도 그의 말에 귀를 기울이지 않았습니다.

화가 치민 노인은 자기의 풍찻간에 틀어박혀 혼자 지냈습니다. 그가 그렇게 사랑하던 손녀딸 비베트조차도 곁에 못 오게 했습니다. 하지만 얼마 전까지만 해도 사람들에게 존경을 받았던 코르니유 할아버지가 지금은 거지처럼 맨발에 구멍 뚫린 모자를 쓰고 누더기 옷을 입고 이리저리 거리를 쏘다니는 것을 본 사람들은 몹시 못마땅하게 생각했습니다.

사실 일요일마다 할아버지가 미사에 참여하는 것을 볼 때면 우리 늙은이들은 부끄럽기 짝이 없었습니다.

코르니유도 그것을 잘 알고 있었으므로, 이젠 교회의 임원석에 앉으려 하지 않았습니다. 그는 언제나 성당 안 성수반 곁의 가난한 사람들과 함께 있었습니다.

코르니유 영감의 생활에는 무엇인가 이상한 점이 있었습니다. 벌써 오래전부터 동네에서는 아무도 그의 방앗간에 밀을 갖고 가는 사람이 없는데도 풍차의 날개는 전과 다름없이 계속 돌았습니다. 마을 사람들은 종종 저녁에 길에서 커다란 밀가루 포대를 잔뜩 실은 노새를 몰고 가는 영감을 만났습니다.

"안녕하세요, 영감님! 방앗간은 어떻습니까?"

마을 사람들은 부러 큰 소리로 말을 걸었습니다.

"그래, 여전하지. 고맙게도 일거리는 끊이지 않는다네."

노인은 쾌활한 목소리로 대답했습니다. 그때 어떤 사람은 도대체 어디서 그렇게 많은 일감이 오느냐고 묻습니다. 그러면 영감은 입술에다 손가락을 갖다 대고는 엄숙하게 대답했습니다.

"쉿! 이건 수출에 관계된 것이라네."

그리고 더는 말을 하지 않았습니다. 손녀인 비베트조차도 그 안에 들어가 볼 수가 없었지요. 그 앞을 지나다 보면 문은 언제나 잠겨 있었고, 커다란 풍차

의 날개가 끊임없이 돌고 있었습니다.

늙은 노새는 앞뜰에서 풀을 먹고 있었고 바싹 마른 고양이는 창문 옆에서 햇볕을 쬐며 짓궂은 눈초리로 쳐다보았습니다. 이 모든 것이 수상쩍은 냄새를 풍기고 있었으며 마을에는 이런저런 소문이 떠돌았습니다. 사람들은 저마다의 추측으로 코르니유 영감의 비밀을 이야기했지만, 대체로 떠도는 소문은 영감의 방앗간에는 밀가루 자루보다 은전 자루가 훨씬 더 많다는 것이었습니다.

드디어 모든 것이 밝혀지게 되었습니다. 그 내용은 이랬습니다.

어느 날 내 피리 소리에 맞추어 젊은이들이 춤을 추고 있을 때, 나는 큰아들 녀석과 비베트가 서로 사랑하는 사이라는 것을 알았습니다. 코르니유 집안은 우리 마을에서는 명문 집안이었고, 게다가 비베트라는 귀여운 어린 참새가 집안을 뛰어다니는 것을 보는 것 또한 나에게는 즐거운 일이었기 때문에 화를 내지는 않았습니다. 다만 둘이 함께 있는 일이 잦았으므로 무슨 일이 일어나지 않을까 은근히 걱정되어 하루

라도 빨리 이 일을 매듭짓고 싶었습니다.

그래서 이 일에 관해 비베트의 할아버지와 의논을
하려고 그의 풍찻간으로 갔습니다. 그런데 코르니 영
감은 풍찻간 문을 열어 주지 않았습니다. 나는 내가
온 이유를 열쇠 구멍을 통해 간신히 설명했습니다.
영감은 말이 채 끝나기 전에 나에게 돌아가 피리나
불라고 고래고래 소리를 질러댔습니다. 그러고는 그
렇게 서둘러 아들을 결혼시키고 싶거든 제분 공장에
가서 처녀들을 골라 보라는 것이었습니다. 이런 악담
을 듣고 내가 얼마나 화가 났겠는지 생각해 보십시
오. 그러나 나는 점잖게 꾹 참았습니다. 그리고 이 미
친 늙은이를 맷돌 곁에 남겨 두고 집으로 돌아와 아
이들에게 자세한 이야기를 해 주었습니다. 아이들은
그것을 믿으려 하지 않았습니다. 그들은 할아버지에
게 다시 이야기하겠으니 제발 자기들이 풍찻간에 찾
아가게 해 달라고 애원했습니다. 나는 그것을 거절할
수가 없었습니다.

두 아이는 풍찻간으로 갔습니다. 그들이 언덕 위에
올라갔을 때 마침 코르니유 영감이 막 외출하고 난
뒤였습니다. 문은 이중으로 잠겨 있었지만 노인은 외
출할 때, 사다리를 밖에 내버려 두고 갔습니다. 그러

자 아이들은 그 유명한 풍찻간 안에 무엇이 있는지 창문으로 들어가 엿보고 싶은 호기심이 생겼습니다. 신기한 일이었습니다! 맷돌이 있는 방은 텅 비어 있었습니다. 자루는 물론 밀 낱알 하나 없었습니다. 심지어 벽에도 거미줄에도 밀가루 흔적은 없었습니다. 풍찻간에서 풍기는 참밀의 구수한 냄새조차 나지 않았습니다. 맷돌은 먼지로 뒤덮였고, 그 위에서 바싹 마른 큰 고양이가 잠을 자고 있었습니다. 아래층에 있는 방도 역시 비참하고 쓸쓸했습니다. 낡은 침대 하나와 누더기나 다름없는 옷 몇 가지, 층계 위에 놓인 빵 한 조각, 그리고 방 한구석에 있는 구멍 뚫린 자루에서는 석고와 벽토가 새어 나왔습니다.

이것이 바로 코르니유 영감의 비밀이었습니다! 풍찻간의 체면을 세우고 사람들에게 그곳에서 밀가루를 빻고 있다고 믿게 하려고 노인이 저녁마다 싣고 다니던 자루들은 바로 벽토(壁土)였습니다.

가엾은 풍찻간! 불쌍한 코르니유 영감님! 벌써 오래 전에 제분 공장은 이 노인과 이 풍찻간에서 마지막 단골손님을 빼앗아 갔던 것입니다. 풍차의 날개는 여전히 돌고 있었지만 맷돌은 헛돌고 있었던 것입니다. 아이들은 돌아와 눈물을 흘리며 그들이 본 것을 나에게 자세히 말해 주었습니다. 나도 아이들의 말을 듣고는 가슴이 미어지듯 아팠습니다.

나는 집집마다 뛰어다니며 그 이야기를 했습니다. 그리고 지금 곧 집에 있는 참밀을 모두 코르니유 영감의 풍찻간으로 가져가자고 마을 사람들을 설득했습니다. 말이 떨어지기가 무섭게 마을 사람들은 길을 나섰습니다.

우리의 밀 — 그것이야말로 진짜 밀 — 을 실은 노새의 행렬이 열을 지어 언덕 위로 올라갔습니다.

풍찻간은 활짝 열려 있었습니다. 문 앞에는 코르니유 영감이 부서진 벽토 자루 위에 앉아 두 손으로 머리를 감싸쥐고 울고 있었습니다. 그는 집에 돌아오자

자기가 없는 동안 누가 집 안에 들어와 그의 비밀을 알아냈다는 것을 깨달았던 것입니다.

"불쌍한 코르니유, 이젠 죽을 수밖에 없구나! 풍찻간의 명예가 땅에 떨어지고 말았어!"

그는 탄식했습니다. 그러고는 풍차

의 이름을 부르며 마치 사람에게 말을 걸듯이 흐느껴
울었습니다. 이때 노새의 행렬이 언덕 위의 풍찻간
앞마당에 도착했습니다. 그리고 우리는 방앗간이 한
창이던 시절에 했던 것처럼 다음과 같이 큰 소리로
외쳤습니다.

"어이! 풍찻간, 방아를 부탁하네. 여보시오, 코르니
유 영감님!"

이리하여 밀가루 포대가 문 앞에 쌓이고 아름다운
황금빛 낟알이 주위에 흩어졌습니다. 코르니유 영감
은 두 눈을 크게 떴습니다. 그리고 쭈글쭈글한 두 손
바닥으로 밀을 퍼올리며 웃기도 하고 울기도 하면서
말했습니다.

"이건 밀이야. 좋은 밀! 하느님, 똑똑히 볼 수 있게
해 주십시오."

그리고 나서 우리들을 향해 말했습니다.

"아! 난 당신들이 나에게
다시 돌아오리란 걸 잘 알고
있었소. 제분 공장 녀석들은
모두 도둑놈들이오."

우리는 영감을 헹가래치며
마을로 모셔가려 했습니다.

"아니야, 젊은이들. 무엇보다 먼저 내 풍차에 먹을 걸 줘야 해. 생각해 보게. 꽤 오랫동안 녀석들에게 밥을 주지 못했거든!"

그 불쌍한 노인이 밀가루 자루를 열기도 하고 맷돌을 돌려 보기도 하고, 이곳저곳으로  뛰어 돌아다니기도 하는 것을 보고 우리는 모두 눈물을 흘렸습니다. 그러는 동안 밀 낟알은 빠지고, 뽀얀 밀가루가 천장으로 솟아올랐습니다. 우리는 정말 좋은 일을 했던 것이지요.

그리고 어느 날 아침, 코르니유 영감은 세상을 떠났습니다. 이제 우리 마을의 마지막 풍차 날개는 이번에야말로 영원히 멈춰 버리고 만 것입니다. 코르니유 영감이 죽자 그의 뒤를 이은 사람은 아무도 없었습니다. 세상 모든 일이 그렇듯이 어떤 것이나 모두 끝이 있는 법이니까요. 그리고 론 강의 나룻배나 프로방스 지방의 최고 재판소, 그리고 커다란 꽃을 단 재킷의 시대가 지나갔듯이 풍차의 시대도 지나갔다고 생각할 수밖에 없었습니다.

구석의 식탁에는
모든 게 준비되어 있다.

언제든지 불을 켤 수 있는 램프와 식기,

그 옆에는 고독한 식사의
동반자가 될 책이 놓여 있다.

냄비는 불에 그을리고 접시의 꽃무늬도
물에 씻겨 희미하며 책의 겉장도 구겨져 있다.

치즈가든
수프

치즈가 든
수프

6층의 작은 방 — 주위가 온통 어둠과 비바람 속에 묻힌 듯한 오늘 같은 밤이면 들창으로 빗줄기가 떨어져 내리는 작은 방이었다. 그러나 실내는 아름답고 편안하여 안에 들어서기만 하면 말할 수 없는 행복감을 느낀다. 바람 소리와 주룩주룩 쏟아지는 빗소리 때문에 더욱 그런 느낌이 든다. 마치 나무 꼭대기에 자리잡은 따뜻한 둥우리와 같다. 그 둥우리는 지금 비어 있다. 주인이 외출한 것이다. 그러나 곧 돌아올 모양이다. 온 집안이 그를 기다리고 있는 듯하다. 잘 피운 불에는 작은 냄비가 얹혀 있다. 냄비도 퍽 길들여진 것 같지만 때때로 기다리다 지친 듯이 수증기에 뒤흔들려 뚜껑이 들썩거린다. 그러면 뜨

거운 수증기가 올라와 온 방 가득 맛
있는 냄새가 퍼진다.

   간간이 재에 덮였던 불이 슬쩍
모습을 드러낸다. 장작 사이로 재
가 허물어지며 작은 불꽃이 방바
닥과 마루 위를 비춘다. 모든 것
이 제대로 정돈되었는지 점검이라도 하는 것 같다.
정말 주인이 언제 돌아와도 상관없다는 듯이 모든 것
이 깨끗이 정돈되어 있다. 알제리산 천으로 만든 커
튼이 창 앞에 드리워져 침대 주위를 기분 좋게 감싸
고 있다. 한쪽에는 큰 소파가 난로 옆에 놓여 있다.

   구석의 식탁에는 모든 게 준비되어 있다. 언제든지
불을 켤 수 있는 램프와 식기, 그 옆에는 고독한 식
사의 동반자가 될 책이 놓여 있다. 냄비는 불에 그을
리고 접시의 꽃무늬도 물에 씻겨 희미하며 책의 겉장
도 구겨져 있다. 모든 것이 잘 길들여져 다정한 느낌
이다. 이 방의 주인은 매일 밤늦게 돌아오는 듯하다.
그리고 이 간소한 밤참이 보글보글 끓으면서 그가 돌
아올 때까지 방 안에 향기를 가득 채우고 따뜻하게
해 주는 것을 즐기는 것 같다.

   깨끗한 방을 보면 나는 한 샐러리맨을 상상한다.

근무 시간이 정확하고 장부마다 쪽지를 붙이는 등 모든 생활이 질서 정연한, 꽤나 치밀한 인간을 생각한 것이다. 이렇게 늦게 돌아오는 것을 보면 우체국이나 전신국에서 밤일을 하는 것이 틀림없다. 창 너머에 있는 그가 이곳에서도 보이는 것 같다. 소매에는 비단 토시를 끼고 머리에는 벨벳 모자를 썼으며, 편지를 분류하고 소인을 찍고 전보의 푸른 용지를 정리하며 잠자거나 놀고 있을 파리 사람들을 위해 내일의 일을 빈틈없이 준비하고 있다.

그런데 그게 아니었다. 방 안을 살펴보니 난로의 희미한 불이 커다란 사진을 비추고 있다. 그러자 커튼이 위엄 있게 드리워진 금박의 액자 속에 아우구스트 황제와 로마 기사인 마호메트, 아르메니아의 총독이었던 펠릭스의 모습이 나타났다. 거기에는 왕관과 투구, 교황의 관, 터번, 그리고 각기 다른 모자 밑에 한결같이 엄숙하고 반듯한 얼굴, 이집트의 주인 얼굴이 떠올랐다. 행복한 귀인이다. 그를 위해 향기로운 수프가 냄비에서 보글보글 조용히 끓고 있는 것이다.

그는 분명 우체국 직원은 아니다. 황제이자 세계의 왕이며, 매일 밤 연극이 공연되는 날에는 오데옹 극장의 천장을 뒤흔들며 '위병들, 저자를 잡아라!' 하

고 말만 하면 위병들이 즉시 복종하는 하늘 사자 중의 한 사람이다. 지금 그는 강 건너 궁전에 있다. 장화를 신고 망토를 걸치고 화랑을 거닐고 큰 소리로 외치고 미간을 찌푸리고 비극적인 대사를 외우면서도 왠지 권태로운 듯하다. 사실 빈 객석을 바라보며 연극을 한다는 것은 쓸쓸하기 이를 데 없다. 게다가 오데옹 극장의 객석은 비극이 상연되는 밤에는 유난히 크고 썰렁하게 느껴진다. 자줏빛 옷을 입고 추위에 떨던 황제는 갑자기 자기 몸속에 뜨거운 것이 흐르는 것을 느낀다. 그러자 그의 눈이 번쩍이며 콧구멍이 벌름거린다. 그는 집에 돌아갈 것을 생각한 것이다.

방은 아직도 따뜻하고 식사가 준비되어 있으며 램프도 켜기만 하면 된다. 또한 무대에서의 약간 무질서한 점을 사생활로 메우려는 배우다운 풍부한 마음씨에서 작은 방 안은 잘 정돈되어 있다. 냄비 뚜껑을 열고 꽃무늬 접시에 음식을 가득히 담는다.

이런 생각이 들자 그는 지금까지와는 전혀 딴 사람이 되었다. 반듯한 망토 자락, 대리석 층계, 화랑의 딱딱함도 이제는 전혀 고통스럽게 느껴지지 않는다. 그는 기운을 차리고 재빨리 움직여 줄거리의 전개를 서두른다.

생각해 보라! 집의 난로가 꺼져가고 있을지도 모른다. 밤이 깊어감에 따라 그가 그리는 환영이 다가와 그에게 힘을 준다. 기적이다.

얼어붙은 오데옹 극장이 녹는다. 졸고 있던 객석의 단골 노인들은 정신이 번쩍 나서 '마랑쿠르의 연기는 정말 훌륭해. 특히 마지막 장면은……' 하고 생각한다. 실제로 대단원에 이르자 반역자를 죽이고 왕녀가 결혼한다는 대목에 이르러서는 황제의 얼굴이 무상의 행복과 알 수 없는 엄숙함을 나타낸다.

진한 감동과 대사 때문에 식욕이 살아나서 자신의 집 작은 식탁에 앉은 것처럼 사뭇 다정한 미소를 띠고 신나에서 맥심에게 시선을 옮긴다. 치즈가 든 수프가 잘 끓어서 뜨겁게 식탁에 올려지고 아름다운 하얀 실 같은 치즈가 숟가락 끝에 길게 늘어지는 것이 벌써 눈앞에 보이는 듯하다.

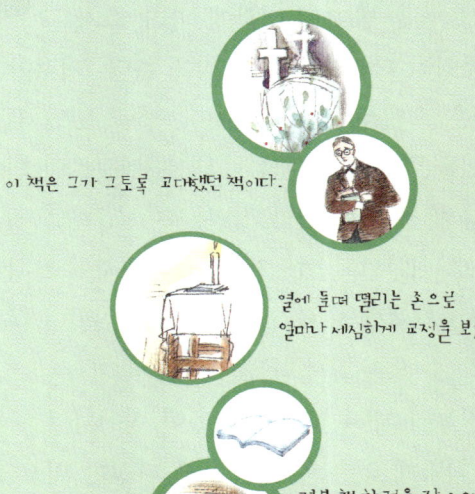

이 책은 그가 그토록 고대했던 책이다.

열에 들떠 떨리는 손으로
얼마나 세심하게 교정을 보았던가!

견본 책 한 권을 갖기 위해
얼마나 초조했던가!

최후의 며칠 동안 더 이상 말을 할 수 없게 되었을 때에도
눈은 문만 응시하고 있었을 것이다.

마지막
책

마지막 책

"그가 죽었대!"

누군가가 층계에서 나에게 말했다.

며칠 전부터 나는 이 슬픈 소식을 예감하고 있었다. 머지 않아 이 문에서 부고를 받을 것을 이미 알고 있었던 것이다. 그러나 그 소식은 나에게 커다란 충격을 주었다. 나는 슬픈 마음에 입술을 떨며 이 문필가의 검소한 집에 들어섰다. 그의 집에서는 서재가 가장 좋은 자리를 차지하고 있었고, 창작의 분위기가 온 집안을 편안함과 밝음으로 가득 채우고 있었다

그는 낮은 철제 침대에 누워 있었는데 서류가 가득

쌓인 책상, 쓰다 만 커다란 그
의 필적, 잉크병 속에 아직도
꽂혀 있는 펜이 그의 죽음이
갑작스러웠음을 말해 주었다.
침대 뒤에는 원고지와 종이쪽
지들이 가득 들어 있는 책장이
반쯤 열려 있었다.

주위에는 오직 책뿐이었다. 선반 위에도, 의자 위
에도, 책상 위에도, 마루 한구석에도, 침대 끝에도 온
통 책뿐이었다. 그가 책상에 앉아 글을 쓸 때는 먼지
가 일어나지 않는 책의 무질서함이 그를 즐겁게 해
주었을 것이고, 거기에서 생명과 일의 활기를 느꼈을
것이다. 그러나 지금은 이 방 안에 있는 모든 것이
쓸쓸해 보였다. 여기저기 흩어진 책들은 처음에는 쌓
아 놓은 그대로 있겠지만 결국 경매에 부쳐지거나 강
변의 헌책방으로 팔려 나가 길가의 책들 속에 섞여질
것이다.

나는 침대에 누워 있는 그를 껴안았다. 그리고는
돌처럼 차갑고 무거운 그의 몸이 느껴져 등골이 오싹
해졌다. 나는 얼른 몸을 세워 그를 바라보았다. 그때
갑자기 문이 열리더니 책방 점원이 숨을 헐떡거리며

들어와 금방 인쇄한 책 꾸러미를 테이블 위에 풀어
놓고는 크게 외쳤다.

"바슈렝에서 보내 온 겁니다."

그러나 점원은 침대 쪽을 보더니 뒷걸음질을 치며
모자를 벗고 조용히 물러갔다. 바슈렝 서점에서 책을
보낸 것은 참으로 아이러니했다. 가여운 친구! 이것
은 그의 마지막 책이다. 이 책은 그가 그토록 고대했
던 책이다. 열에 들떠 떨리는 손으로 얼마나 세심하
게 교정을 보았던가! 견본 책 한 권을 갖기 위해 얼
마나 초조했던가! 최후의 며칠 동안 더 이상 말을 할
수 없게 되었을 때에도 눈은 문만 응시하고 있었을
것이다. 그러니까 만일 인쇄공이나 교정 직원, 제본
공 등 단 한 사람이라도 불안과 기대에 찬 그의 눈을
보았다면 시간을 맞추기 위해 서둘렀을 것이다. 사실
작가는 새 책을 보면 흥분되는 감정을 억누르지 못하
고 자기 작품의 첫 장을 펼친
다. 그가 노력을 다한 작
품은 부조처럼 고정되
어, 이제 머릿속에 맹렬
히 끓어오를 때의 혼란
스러운 모습이 아니다.

이렇게 완성된 책을 본다는 것은 얼마나 기분 좋은 일인가! 아주 젊었을 때는 눈이 아찔해지는 느낌이다. 태양빛이 머릿속을 가득 채운 것처럼 글씨가 파랗고 노랗게 확대되어 반짝반짝 빛나는 것이었다. 좀더 나

이가 들면 창작의 기쁨에 약간의 슬픔이 섞인다. 이를테면 말하고 싶은 것을 다 못한 아쉬움이 남는 것이다. 자기의 생각 속에만 존재하는 작품은 언제나 자기가 실제로 만들어 낸 것보다 더 아름답게 보인다. 머릿속에서 떠오르는 많은 것이 손으로 옮겨 가는 중에 사라지기 때문이다. 깊은 꿈속에서 보면 책의 사상은 지중해를 표류하는 아름다운 해파리의 그림자와 같다. 그것들은 모래 위에 놓인 물방울에 지나지 않아 불어오는 바람에 금세 마르고 만다.

아! 이 가여운 친구는 그의 마지막 책에서 기쁨도 환멸도 아무것도 얻지 못했다. 베개 위에 힘없이 고개를 떨어뜨리고 잠든 그 얼굴. 그의 곁에서 방금 나온 그의 새 책을 본다는 것은 정말 가슴 아픈 일이다.

이 책은 머지않아 서점의 진열장에 꽂혀 세간의 화젯거리가 되어 하루의 생활 속에 섞일 것이다. 그리고 지나는 사람들은 책 제목을 기계적으로 읽고, 저자의 이름과 같이 기억 속에 간직할 것이다. 밝은 빛깔의 표지 위에서 미소 짓는 듯한 명랑한 그 이름은 구청의 슬픈 장부 위에도 기록될 것이다. 땅에 묻혀 잊혀질 이 딱딱한 시체와 불멸의 영혼처럼 그에게서 빠져나온 이 책 사이에는 육체와 영혼의 관계가 그대로 존재하는 것처럼 느껴졌다.

"한 권 주신다고 약속하셨는데……."

바로 내 곁에서 울음 섞인 목소리가 들려와 돌아다보니 책 광고가 나오면 집요하게 찾아다니는 책 수집가였다. 허리를 굽히고 미소를 지으며 들어와서는 안절부절못하고 왔다갔다 하는 작가에게 "선생님" 소리를 연발하며 신간을 얻기 전까지는 절대 돌아가지 않는 자였다. 그것도 신간만 노린다. 다른 책은 이미 다 있는데 신간만 없기 때문이다. 그는 이렇게 아주 때를 잘 맞추어 찾아왔다. 아까 말한 것처럼 기쁨에 젖어 있을 때, 책을 부치거나 헌정하려고 할 때 작가를

찾아오는 것이다.

두드려도 대답이 없는 집, 바람과 비, 먼 거리 등 어떤 것도 개의치 않는 다루기 힘든 이 작은 사나이는 어느 날 아침 퐁프 가에서 파시 집의 문을 두드리고 있는가 하면, 저녁 때는 마를리에서 다른 작가의 신작 희곡을 들고 돌아온다. 그는 이렇게 언제나 뛰어다니며 구걸을 해서 돈을 들이지 않고 서재를 채운다. 이처럼 죽은 사람의 침대에까지 달려올 정도로 서적에 대한 열정은 대단했다.

"자, 당신 몫이오!"

나는 신경질적으로 말하 며 그에게 책을 건넸다.

그는 책을 받는다기보다 꿀꺽 삼켜버리는 것처럼

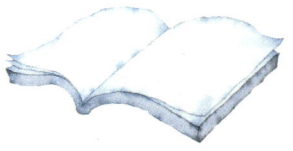

책을 주머니 깊숙이 넣고는 뭔가 미진한 듯 안경을 닦으며 말없이 고개를 떨어뜨렸다. 그는 무엇을 기다리고 있는 것일까? 무엇이 그를 붙잡고 있는 것일까? 책만 받고 금방 떠나는 것이 미안해서일까?

그러나 그게 아니었다! 테이블 위 반쯤 찢어진 포장지 속에 있는 몇 권의 특제본을 본 것이다. 그 책은 앞면에 여백이 많고 꽃무늬 삽화가 들어 있으며,

가장자리가 재단되지 않은 두꺼운 책이었다. 그의 눈길, 생각이 온통 그곳에 쏠려 있었다. 나쁜 놈! 책 수집가는 슬그머니 눈치 채지 못할 정도로 몸을 움직여 책상으로 다가갔다. 마침내 참지 못하고 한 권을 꺼내 들었다.

"생트 뵈브 씨에게 가져가는 겁니다."

그는 나에게 작은 소리로 말하며 책을 도로 빼앗길 것이 두려워서인지, 아니면 정말로 생트 뵈브 씨에게 갖다 준다는 것을 믿게 하려는 것인지, 아주 엄숙하고 비통한 어조로 덧붙였다.

"아카데미 프랑세스의 그분에게……."

처음으로 그를 만났다.
병든 개처럼 비실비실하고

불쌍해 보이는 그가 눈을 힘겨 뜨고
주위를 둘러보았다.

누가 말을 걸면 미소를 지으며
이를 드러내 보일 뿐이었다.

사실 그는 우리말은 전혀 모르고
사비로 말만 겨우 할 뿐이다.

알제리
저격병

알제리 저격병

그는 알제리 저격병으로 북 치는 꼬마 군인이었다. 그의 이름은 카두르이고 젠델 부족 출신으로 비노아 장군 부대를 따라 파리에 온 알제리 저격병 중 한 사람이다. 아랍의 북인 데르부카와 쇠막대기를 든 꼬마는 폭풍 속의 새같이 비센부르그에서 상비니까지 줄곧 종군했다.

그는 어찌나 활기차고 날쌘지 총알도 그를 맞추지 못할 것 같았다. 그런데 겨울이 오자 총탄 불에 발갛게 익은 이 아프리카 꼬마는 눈 속에서 움직이지 않는 전초 부대에서 추운 밤을 도저히 이겨 낼 수 없었다. 1월 어느 날 아침, 발이 꽁꽁 얼고 추위에 쓰러져 있는 그를 마른 강변에서 실어 왔다. 처음으로 그를 만났다. 병든 개처럼 비실비실하고 불쌍해 보이는 그가 눈을 크게 뜨고 주위를 둘러 보았다. 누가 말을 걸면 하얀 이를 보이며 미소를 지을 뿐이었다. 사실 그는 우리말은 전혀 모르고 사비르 말만 겨우 할 수 있었다. 이 말은 프로방스 지방어로 이탈리아어, 아랍어 등 여러 국가의 여기저기서 주워 모은 낱말로 이루어진 알제리 방언이다.

카두르가 가지고 있는 데르부카는 기분 전환을 하기 위한 그의 유일한 수단이다. 가끔 그가 지루해 보이면 북을 치게 한다. 그러나 다른 부상병들에게 방해가 될까봐 너무 크게 치지 않도록 주의를 준다. 그럴 때면 윤기를 잃은 그의 검은 얼굴에 갑자기 생기가 돌고, 북소리에 맞추어 표정을 달리하기도 한다. 돌격 명령을 알리는 북을 칠 때는 하얀 이를 보이며 웃음을 짓고, 이슬람 교도의 아침 음악을 칠 때는 코를 벌름거리기도 하고 눈물을 글썽거리기도 했다.

야전 병원 냄새, 약병과 소독약 냄새 속에서 그는 오렌지가 열리는 부리다 숲을 생각했다. 그리고 베일을 쓰고 베르벤 향기를 풍기는 아랍 아가씨들을 생각했다. 두 달이 지났다. 그동안 파리에서는 많은 사건

이 일어났지만 카두르는 아무것도 몰랐다. 야전병원의 창 밑으로 무장 해제당한 군대가 지쳐 돌아왔다. 멀리서는 하루 종일 대포를 쏘아대는 소리가 들려왔다. 그러나 그는 이 모두를 알아차리지 못했다. 다만 여전히 전쟁을 하고 있고 다리가 나았으니 다시 전쟁에 나갈 수 있으리라고만 생각했다.

어느 날 그는 북을 메고 자신이 속한 부대를 찾아나섰다. 부대를 찾는 것은 어렵지 않았다. 그곳을 지나가던 파리 혁명군 병사들이 그를 데리고 갔기 때문이다. 오랫동안 심문을 했지만 아무것도 알아내지 못한 장군은 그에게 말 한 필과 십 프랑을 주고 그를 사령부 예속으로 삼았다. 당시 혁명군 사령부는 참으로 각양각색이었다. 적색군 와트, 폴란드의 망토, 헝가리의 겉저고리, 감색·황금색 벨벳, 금속 장식이 달린 옷차림 등 노란 수를 놓은 푸른색 저고리, 머리

에 두른 터번, 데르부카 등으로 장식
한 이 알제리 저격병은 혁명군 사령
부의 가장행렬을 더욱 완벽하게 해
준 셈이다. 그는 이렇게 멋진 옷을 입
는 군대에 들어온 것을 기뻐했다. 아
직도 프러시아 군과 싸우는 줄 아는
이 병사는 영문도 모른 채 이 파리의
대소동에 끼어들어 명물이 되었다.

그가 지나가는 곳마다 혁명군은 그에게 환호성을
질렀다. 혁명 정부는 그를 마치 휘장처럼 데리고 다
녔다. 하루에도 스무 번씩이나 국방성에 보내고 또
국방성에서 시청으로 보냈다. 이때까지 사람들은 혁
명군의 해병도 가짜요, 포병도 가짜라고 믿어 왔다.
그런데 이 사람만은 진짜 알제리 저격병이 아닌가.
진짜인지 가짜인지 알려면 어린 원숭이같이 똘똘해
보이는, 얼룩말을 타는 그 날쌘 솜씨만 봐도 알 수
있다.

그러나 카두르는 왠지 행복해 보이지 않았다. 그는
전쟁을 하고 싶었다. 불행히 혁명 정부에서 사령부는
전쟁터에 자주 나가지 않았다. 알제리 저격병은 기마
와 사열 이외에 방돔 광장이나 국방성 안마당에서 지

냈다. 항상 열려 있는 술통, 베이컨더미, 아직도 포위 당한 시절의 굶주림이 가시지 않은 무질서한 사병 막사에서 살았다. 하지만 독실한 이슬람교도인 카두르는 그들 사이에 끼지 않고 혼자 조용히 지냈다. 그는 한구석에서 종교 예식으로 손을 씻고 굵은 밀가루로 쿠즈쿠즈를 만들어 먹었다. 그러고 나서 잠깐 북을 치고는 모닥불 옆에서 긴 아랍 옷을 친친 감고 층계에 누워 잠을 잤다.

5월 어느 날 아침, 그는 시끄러운 총소리에 잠이 깼다. 국방성은 몹시 당황했다. 그들은 어쩔 줄 몰라 허둥거리다가 모두 도망갔다. 그도 다른 사람들처럼 말 등에 올라앉아 사령부 인사들을 따라 나섰다. 거리는 당황한 나팔 소리와 여기저기 흩어져 있는 부대들로 가득 차 있었으며, 보도의 돌을 파내어 방어벽을 만들고 있었다. 무엇인지 굉장한 일이 벌어졌음에 틀림없었다.

센 강과 가까워질수록 총소리는 더욱 또렷이 들렸다. 카두르는 콩코르드 다리 위에서 사령부 인사들을 놓쳤다. 그는 조금 더 나가다가 말을 빼앗기고 말았다. 시청이 어떻게 되었는지 급히 가 보아야겠다는 장교가 빼앗아갔다. 화가 난 카두르는 전투하는 쪽으

로 달려갔다. 그는 뛰면서 초를 재며 중얼거렸다.

'프러시아 놈들이!'

프러시아 군이 쳐들어온 것이다. 벌써 오벨리스크 주위와 튈르리 정원 나무 사이로 총알이 날아간다. 리보리의 방어벽에는 죽은 혁명당 두목인 프루랑을 복수하겠다는 혁명군이 주둔하고 있었는데 그들이 그를 불러 세웠다.

"여보게, 저격병, 저격병!"

그들도 열 명 정도밖에 되지 않았다. 그러나 카두르의 힘은 부대 전체의 힘과 맞먹었다. 총알이 빗발치는데도 그는 마치 깃발처럼 방벽 위에 도도하게 올라가 북을 쳤다. 일순간 대포 소리가 멈추었다. 그 사이 지면에서 올라오는 연기가 걷히고, 샹젤리제의 붉은 바지들이 보였다. 다시 모든 것이 흐려졌다. 그는 자기 눈을 의심하고 더욱 열심히 총을 쏘아댔다. 주위가 갑자기 조용해졌다. 포병이 마지막 포탄을 쏘고는 도망간 것이다. 그는 움직이지 않았다. 뛰어갈 기세로 총을 메고 적병이 나타나기를 기다렸다. 정부군 제1선이 도착했다. 돌격해 오는 발소리에 섞여 장교가 외쳤다.

"항복해라!"

카두르는 순간 깜짝 놀랐다. 그는 총을 높이 쳐들고 뛰어나왔다.

"됐어 됐어. 프랑스 군이야!"

그는 막연히 해방군이 왔다고 생각했다. 파리 사람들이 그렇게 오랫동안 기다렸던 페데르브나 상지 장군의 군대가 왔다고. 순간 그는 얼마나 행복했는지 모른다. 그는 하얀 이를 드러내며 크게 웃었는지 모른다! 눈 깜짝할 사이에 방벽은 점령당했다. 군인들이 그를 둘러싸고 떠밀었다.

"네 총 좀 보자."

그의 총은 아직 뜨거웠다.

"네 손을 보자."

그의 손은 화약으로 시커멓게 물들었다. 카두르는 활짝 웃으며 그의 손을 자랑스럽게 내보였다. 그러자 그들은 카두르를 한쪽 벽으로 밀어붙였다.

"탕!"

카두르는 자기가 왜 죽어야 하는지도 모르고 죽어 갔다.

어느 날 아침, 잠에서 깨어난 소녀는
심한 추위를 느꼈다.

태양은 사라지고,
검게 드리운 하늘에서는

하얀 솜털이 소리도 없이 떨어졌다.
겨울이 온 것이다.

바람이 세차게 몰아치고
난로가 활활 소리를 내며 타고 있었다.

겨울

거울

북쪽 나라 니에멩 강가에 한 여자
가 도착했다. 그녀의 얼굴은 꽃처
럼 하얗고 볼이 발그레했다. 벌
새가 사는 소녀의 나라에서 사랑
때문에 온 것이다. 고향 사람들
은 한사코 말렸지만 소용없었다.

"그곳은 몹시 춥단다. 겨울이 되면 넌 얼어 죽고
말 거야."

그러나 소녀는 겨울이 있다는 것을 믿지 않았다.
추위를 한 번도 경험한 적이 없었기 때문이다. 더구
나 소녀는 사랑에 빠져 죽음 따위는 두려워하지 않았
다. 그래서 안개 낀 이곳 니에멩으로 사랑을 찾아 떠
나온 것이다.

북쪽 할아버지는 따뜻한 곳에서 온 소녀를 보자 가여운 생각이 들었다. 추위가 이 소녀와 벌새들을 집어삼키리라 생각한 그는 그들을 맞기 위해 곧 불을 피우고 여름옷으로 갈아입었다. 그 때문에 소녀는 북쪽 나라는 항상 따뜻한 날씨가 계속되는 것으로 생각했고, 거무스레한 풀빛도 봄의 풀빛으로 알았다. 소녀는 공원의 전나무 사이에 그네를 매달고 하루 종일 부채질을 했다.

'북쪽 나라도 참 덥구나!'

소녀는 웃으며 중얼거렸다. 그러나 왠지 모르게 불안했다. 왜 북쪽 나라의 집들은 베란다가 없을까? 벽은 왜 이렇게 두껍고, 카펫이나 이 무거운 커튼은 왜 있을까? 커다란 사기 난로와 마당에 쌓아 놓은 장작더미, 모피, 두꺼운 외투, 옷장 안에 있는 털옷들은 대체 무엇에 쓰려는 걸까?

소녀는 얼마 가지 않아 그 까닭을 알게 될 것이다.

어느 날 아침, 잠에서 깨어난 소녀는 심한 추위를 느꼈다. 태양은 사라지고 검게 드리운 하늘에서는 하얀 솜털이 소리 없이 떨어졌다. 겨울이 온 것이다. 바람이 세차게 몰아치고 난로가 활활 소리를 내며 타고 있었다. 나무에 매달아 놓은 그네는 유리처럼 얼어붙었다. 금빛이 나는 커다란 새장 속의 벌새들은 울지 않았다. 새들의 날개도 움직이지 않았다. 가느다란 부리에 바늘귀만한 눈을 하고 추위에 얼어서 서로 마주 본 채 떨고 있는 모습을 보니 가엾기 그지없었다. 소녀는 너무 추워서 밖으로 나갈 수가 없었다.

소녀는 새처럼 난롯가에 웅크리고 앉아 하루 종일 불길을 바라보았다. 소녀는 떠나온 고향이 그리웠다. 사탕수수가 있고 태양이 이글거리는 넓은 해안, 옥수수, 오후의 낮잠, 햇볕 막이 발, 돗자리, 그리고 별이 총총한 저녁, 반짝이는 반딧불이 떼, 꽃 사이와 모기장 속을 날아다니는 수많은 날벌레 등 고향 풍경이 눈에 아른거렸다. 소녀가 난로의 불꽃을 보며 꿈꾸고 있는 사이 겨울의 낮은 더욱더 짧아지고 날은 점점 어두워갔다. 매일 아침 새장 안에서는 벌새가 한 마리씩 죽어갔고, 얼마 안 가 단 두 마리만 남아 초록빛 날개를 서로 맞대고 구석에 웅크리고 있을 뿐이었다. 그날 아침, 소녀는 일어나지 못했다. 빙산에 걸린, 마흔(지

중해에 있는 섬의 항구)의 범선처럼 추위는 그녀를 짓눌렀다. 방은 어둡고 음울했다. 유리창에는 서리가 끼어 마치 두꺼운 비단 커튼을 친 것 같았다. 마을은 죽은 듯이 조용했고, 길에서는 증기 제설차 소리만 우울하게 들려왔다.

소녀는 침실에서 부채에 달린 금 수술을 만지작거리거나 고향에서 가져온 인디언 깃털 장식의 거울 속에 비친 자기 모습을 들여다보며 시간을 보냈다.

해는 더욱 짧아지고 한낮에도 어두운 기운이 덮인 겨울이 계속되었다. 그녀는 점점 수척해지고 비탄에 잠겼다. 소녀를 더욱 슬프게 하는 것은 침대에서 벽난로의 타오르는 불길을 볼 수 없다는 것이었다. 다시 한 번 고향을 잃은 것 같았다. 소녀는 가끔 이렇게 묻는다.

"방 안에 불이 있어요?"

"물론이지, 있고말고. 벽난로 가득 불이 타고 있어. 나무 타는 소리가 들리지?"

"좀 보여 주세요. 보고 싶어요."

소녀가 아무리 몸을 구부려보아도 불은 그녀에게서 멀리 있었다. 소녀는 불길을 보지 못해 실망했다. 그러던 어느 날 저녁, 소녀는 창백한 얼굴을 베개에 묻고 눈은 여전히 보이지 않는 불꽃을 향해 있었다. 그녀의 애인이 다가와 침대 위에 있는 거울을 집어 들었다.

"불꽃이 보고 싶어? 좋아, 잠깐 기다려 봐."

그는 벽난로 앞에 앉아 거울로 불빛을 비춰 보냈다.

"보이지?"

"아무것도 안 보여요."

"이번에도?"

"아! 이제 보여요."

소녀는 기쁘게 소리쳤다. 그리고 눈동자 속에 불꽃을 간직한 채 웃으며 조용히 죽어갔다.

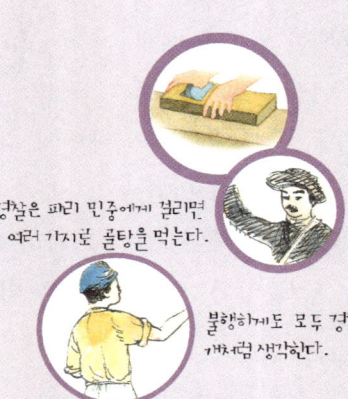

경찰은 파리 민중에게 걸리면
여러 가지로 골탕을 먹는다.

불행하게도 모두 경찰을 싫어하고
개처럼 생각한다.

장관이 멍청한 짓을 하면
그 뒤치다꺼리를 하는 것도 경찰이고,

혁명이 일어나면 장관들은 베르사유로 달아나고
경찰들은 운하 속에 내동댕이쳐진다.

세 번의 경고

세 번의
경고

내가 베리젤이라고 불리며,
지금 한 손에 대패를 들고
있는 것이 사실인 것처럼,
텔이 우리에게 교훈을 주
고 그것이 훗날 어떤 도움

이 된다고 생각한다면, 분명 그는 파리의 민중을 잘
못 인식하고 있는 것이다. 그들이 우리를 한꺼번에
총살을 하든, 외국으로 추방하든, 사토리의 언덕에
모아 가이엔에 보내든, 정어리 통 같은 배에 몰아 넣
든 그것은 모두 부질없는 짓이다. 파리 사람은 폭동
을 좋아한다. 어느 누구도 그들의 이런 취미를 잠재
우지는 못할 것이다. 공장이 문을 닫고, 사람들이 모
여들어 할 일 없이 빈둥거리는 등 딱히 뭐라고 말할

수는 없지만 그 밖에도 재미있
는 일들이 많다. 그런 것들을
이해하려면 나처럼 오리온가의
목공소에서 태어나 여덟 살 때부터
열다섯 살까지 견습공 일을 하고 대
팻밥을 가득 실은 손수레를 끌고 교
외를 달린 경험이 있어야 한다.

　나는 그 시대에 혁명이라는 것
을 충분히 맛보았다고 할 수 있
다. 키가 어른의 장화 높이밖에 안 되던 꼬마 시절이
었지만 파리에 소동이 일어나면 나는 언제나 그 속에
끼어 있었다. 그리고 항상 그 소동을 미리 알고 있었
다. 직공들이 서로 어깨동무를 한 채 길을 메우며 교
외를 행진하고, 문 앞에서 여자들이 몸짓이나 손짓을
하며 떠들썩하고, 그 많은 사람들이 성문 쪽으로 몰
려가는 것을 볼 때면 나는 대팻밥을 싣고 가며 혼잣
말을 한다.

　'됐어! 뭔가 일이 벌어지겠는걸!'

　그러면 실제로 반드시 일이 일어났다. 저녁에 집으
로 돌아오면 가게는 사람들로 가득했다. 아버지 친구
들은 작업대를 둘러싸고 정치 이야기를 했으며, 이웃

사람들은 신문을 가져다주었다. 당시에는 요즘처럼 한 장에 1프랑 하는 신문은 없었기 때문에 신문을 보고 싶으면 한 건물에서 몇 사람이 돈을 모아 1층부터 2층으로 돌려 읽었다. 항상 일만 하던 아버지 베리젤은 새로운 뉴스를 들으면 화를 버럭 내며 대패를 내던졌다. 그리고 어머니는 우리가 식탁에 앉으면 언제나 이렇게 말했다.

"너희 조용히 해야 한다. 정치 문제로 아버지의 기분이 몹시 언짢으시니까."

물론 나는 정치에 대해 별로 아는 것이 없었다. 하지만 자주 듣다 보니 머릿속에 들어온 말들도 많았다. 이를테면 이런 따위의 말이다.

"기조 그 녀석, 강에 가 버렸어!"

나는 기조라는 사람이 누군지도 몰랐고 강에 간다는 것이 무엇을 뜻하는지도 몰랐다. 그러나 그건 아무 상관 없었다! 다른 사람들처럼 나도 그 말을 자꾸 되풀이하게 되었다.

"기조! 기조 그 악당!"

그리고 내가 그 불쌍한 기조를

'악당, 악당' 하고 부르는 사이에 점점 그와 경찰을 혼동하게 되었다. 경찰은 언제나 오리온가 한 모퉁이에서 대팻밥을 실은 손수레 때문에 나를 귀찮게 했다.

 이 거리에서는 아무도 이 빨간 얼굴의 키다리 경찰을 좋아하지 않았다. 어린아이뿐 아니라 심지어 개까지도 모두 그를 싫어했는데, 오로지 포도주 장수만이 그의 비위를 맞추기 위해 가게 문 사이로 가끔 포도주 한 잔씩을 슬그머니 내주었다. 그러면 얼굴이 빨간 키다리 경찰은 모르는 체하고 다가와 주위에 상사가 있는지 살피고는 한 잔 쭉 들이켜고 지나쳤다. 나는 지금껏 그처럼 포도주를 빨리 마시는 사람을 본적이 없다. 재미있는 것은 사람들이 그가 팔꿈치를 쳐드는 때를 기다렸다가 그의 뒤에서 외치는 것이다.

 "경찰! 정신 차려! 서장님이 오신다."

 경찰은 파리 민중에게 걸리면 이렇게 여러 가지로 골탕을 먹는다. 불행하게도 모두 경찰을 싫어하고 개처럼 생각한다. 장관이 멍청한 짓을 하면 그 뒤치다꺼

리를 하는 것도 경찰이고, 혁명이 일어나면 장관들은 베르사유로 달아나고 경찰들은 운하 속에 내동댕이 쳐진다. 그런데 처음에 이 야기한 것처럼 나는 파리에 무슨 일이 일어나면 맨 먼저 그것을 아는 사람 중 한 명이었다. 그런 날이면 동네 어린아이들은 모이는 장소를 정해 모두 함께 교외로 나가 이렇게 외쳐댄다.

"몽마르트르 도로다. 아냐! 생드니 성문이다!"

그쪽으로 일을 보러 갔던 사람들은 지나가지 못해 화가 나서 되돌아온다. 아낙네들은 빵집으로 달려가거나 대문을 닫아건다. 이런 모든 것들이 우리를 흥분시켰다. 우리는 노래를 부르고, 폭풍이 불어닥치는 날처럼 좌판과 광주리를 재빨리 치우는 길가 상인들과 부딪치며 앞으로 나아갔다. 운하가 있는 데로 가면 수문의 다리는 이미 닫혀 있고, 마차와 짐수레도 비어 있었다. 마부들은 고함을 지르고 모두가 불안에 떨었다. 우리는 교외와 탕프르 거리를 연결하는 육교로 올라갔다. 그러면 떼를 지어 오는 사람들은 벌써 큰 거리에까지 이른다.

이곳은 참 재미있다. 화요일이나 폭동이 일어나는 날처럼 마차도 거의 보이지 않아 이 큰 거리를 멋대로 뛰어다닐 수 있다. 우리가 지나가는 것을 보면 거리의 상인들은 그것이 무엇을 뜻하는지 알아채고 재빨리 문을 닫는다. 파리 사람들은 호기심이 무척 강하기 때문에 달그락거리며 가게 문 닫는 소리가 들리면 문 밖의 보도로 나온다.

마침내 우리는 검은 덩어리 같은 군중을 만난다. 여기다! 잘 보려면 맨 앞줄에 서야 한다. 하지만 그렇게 하면 얻어맞기 일쑤다. 하지만 밀고 부딪치고 발 사이로 끼어든 끝에 우리는 마침내 목적을 이룬다. 일단 모든 사람들 앞에 나오면 크게 숨을 내쉬고 뽐낸다. 그런 일은 충분히 해볼 만한 가치가 있다. 아무리 보카드 씨나 메렝그 씨 같은 명배우라도, 견장을 단 경찰서장이 텅빈 거리를 가로질러 내게로 다가오는 것을 볼 때처럼 가슴을 울렁거리게 하지는 못할 것이다. 모두 크게 외쳤다.

"서장이다! 서장이다!"

나는 아무 말도 하지 않았다. 두려움과 기쁨 뒤에
오는 뭔지 모를 기분으로 그저 입술만 깨물었다. 나
는 마음속으로 생각했다.

'서장이 저기 있다. 방망이가 언제 날아올지 모르
니까 조심해야지.'

나에게 깊은 인상을
준 것은 방망이 세례가
아니라 그 서장이었다.
검은 제복에 현장을 두
르고, 군모나 삼각모를
쓴 사람들 사이에서 혼

자만 실크 모자를 쓰고 있었다. 실제로 나는 그에게
서 강렬한 인상을 받았다.

북소리가 울린 뒤에 서장은 뭐라고 중얼거렸다. 몹
시 조용했지만 너무 멀리 떨어져 있어 그의 음성은
공중으로 사라져 버리고, 다만 붕……붕…… 붕……
하는 소리만 들릴 뿐이었다. 그러나 우리는 얻어맞기
전에 세 번의 경고를 받을 권리가 있다는 것을 잘 알
고 있었기 때문에 두 손을 주머니에 넣고 조용히 서
있었다.

그러나 두 번째 북소리가 울리면 후루룩 자고새가

날아가듯 흩어져 버린다. 그리고는 외치는 소리, 울음소리, 하늘에 던져진 앞치마와 모자, 군모 속에서 방망이 세례가 시작된다. 어떤 연극이라도 이만큼 감동을 주지는 못할 것이다. 사람들에게 이 광경을 이야기하려면 일주일은 걸릴 것이다.

"나는 세 번째 북소리를 들었어."

이렇게 말하는 사람들은 얼마나 우쭐해하던지. 물론 그러기 위해서는 때때로 상처를 입을지도 모르는 위험을 감수해야 한다. 어느 날 생 유스타슈 교회 앞에서 있었던 일이다. 서장이 어떤 전략을 세웠는지는 모르지만 두 번째 북소리가 나자마자 경찰들이 방망이를 휘두르며 달려들었다. 나는 가만히 서서 얻어맞지는 않았지만 내 작은 발을 아무리 뻗고 달려도 달아나기가 쉽지 않았다. 그러던 중 키 큰 경찰 하나가 나를 바싹 따라오더니 바로 뒤에서 두서너 번 방망이 바람을 일으켰다. 머리를 된통 얻어맞았다. 눈에서 불꽃이 튈 정도로 정말로 엄청난 타격이었다. 사람들이 머리에 상처를 입은 나를 업고 집에 데려다 주었다. 이 일로 내가 버릇을 고쳤다고 생각하는가? 천만에! 불쌍한 어머니가 내 얼굴에 물수건을 바꾸어 주실 때마다 나는 계속해서 이렇게 외쳤다.

"내가 나쁜 게 아냐! 그 서장 녀석이 우리를 속인 거야! 두 번밖에 경고를 하지 않았다고!"

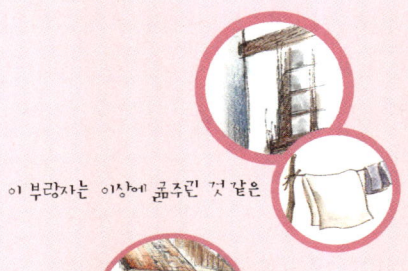

이 부랑자는 이상에 굶주린 것 같은

눈물 젖은 눈으로 저 높은 곳을 바라보았다.

그러나 아무리 그러한 일이 있었다 해도

다음 토요일이 되면 알뜰은 또다시
월급을 바닥내고 아내를 때렸다.

알퇴근

알퇼

　몇 년 전 나는 샹젤리제 골목에 있는 단칸방에 살고 있었다. 마차 외에는 지나가는 사람조차 없는 조용하고 쓸쓸한 이 거리는, 큰 거리 한구석에 숨어 있어 얼른 눈에 띄지 않았다. 어떤 지주의 변덕이나 구두쇠 영감의 엉뚱한 생각에서인지는 모르지만 이 아름다운 거리 한복판에는 공터와 이끼 긴 마당, 낮은 집들이 그대로 방치되어 있었다. 그 집들은 제멋대로 세워져 건물 밖으로 층계가 나 있었으며, 목조 테라스에는 빨래가 가득 널려 있었다. 토끼집과 여윈 고양이, 길든 까마귀도 있었다. 거기에는 노동자의 가족이나 쥐꼬리만한 연금으로 사는 사람들, 그리고 예술가들이 살고 있었으며, 또한 몇 대에 걸쳐 빈곤에 찌든 것 같은, 가구까지 빌려 주는 아파트가 있었다.

그 주위를 샹젤리제의 화려함과
소란함이 둘러싸고 있는 것이다. 마
차 소리, 마차끼리 부딪치는 소
리, 말발굽 소리, 무거운 쇳소리
를 내며 닫히는 대문 소리, 현관
을 소란하게 하는 삼두마차 소리,
아주 작게 들리는 피아노 소리,
마비유의 바이올린 소리가 끊임
없이 들려온다.

조용히 늘어선 대저택들의 귀퉁이는 대체로 둥글
고, 유리창에는 밝은 빛깔의 실크 커튼이 드리워져
있으며, 높은 거울에는 촛대의 금박과 아름다운 정원
이 비치고 있었다. 저편 끝 어두운 뒷골목은 아름다
운 무대 뒤의 분장실처럼 화려함 뒤의 넝마는 모두
거기에 숨겨져 있는 것이다. 누더기 옷의 장식들, 점
쟁이의 속옷, 영국 마부, 서커스의 곡예사 같은 하루
벌이 일꾼들, 쌍둥이 말과 광고판을 끌고 다니는 경
마장의 두 어린 마부, 산양이 끄는 수레, 인형극, 떡
파는 여자, 그리고 접는 의자와 아코디언, 다 찌그러
진 깡통을 들고 돌아다니는 장님의 무리 등 모든 것
이 이 거리에 숨겨져 있다. 내가 이 골목에 살 때 장

님 중 한 사람이 결혼을 했다. 그
덕에 우리는 밤새 클라리넷과
오보에, 오르간과 아코디언의
환상적인 연주를 들을 수 있
었다. 그것은 저마다 독특하
고 단조로운 음악을 연주하는
파리의 다리 위에 있는 거리 악
사들의 행렬처럼 이어졌다.

그러나 평소 이 골목은 퍽 조용했다.
거리의 부랑자들은 해가 저물어서야 지쳐서 돌아왔
다. 그러나 알튈이 급료를 타는 토요일에는 또다시
소란스러워졌다. 알튈은 내 이웃에 살고 있었다. 낮
고 긴 철책만이 우리 집과 그가 살고 있는 아파트를
구분 짓고 있을 뿐이었다. 그래서 그와 나의 생활은
자연스럽게 뒤섞일 수밖에 없었다.

그리고 토요일마다 이 노동자의 가정에서 일어나는
지극히 파리다운 무서운 활극이 펼쳐지는데 그 소리
가 하나도 빠짐없이 내 귀에 들려오는 것이었다. 처
음에는 언제나 똑같이 시작했다. 아내는 저녁을 준비
하고 아이들은 주위에서 맴돌았다. 그녀는 아이들에
게 다정하게 이야기하며 바쁘게 일을 했지만, 7, 8시가 지나도 그가 돌아오지 않으면 그녀의 목소리는 변하기 시작했다. 울먹이며 초조해하는 것이었다. 아이들은 배가 고프고 졸려서 칭얼대기 시작하는데 남편은 여전히 돌아오지 않았기 때문이다. 그녀와 아이들은 더 이상 그를 기다리지 않고 저녁을 먹었다. 그리고는 아이들이 잠들고 닭장의 닭들도 잠이 들면 목조 테라스에 나와서 눈물을 흘리며 중얼거리는 소리를 들을 수 있었다.

'아……, 악당! 악당!'

이웃 사람들이 그녀를 위로한다.

"자, 들어가서 쉬세요, 알틸 부인. 안 돌아올 것이 뻔하잖아요? 오늘이 월급날인걸요."

그러다가 알틸 부인이 말을 듣지 않으면 나중에는 잔소리로 바뀐다.

"나 같으면 조장을 찾아가겠어요. 왜 조장한테 가서 사실대로 말하지 않죠?"

사람들이 이렇게 위로할수록 그녀는 더욱 슬퍼하며 눈물을 흘렸다. 그러나 그녀는 끝까지 희망을 버리지 않고 지칠 때까지 남편을 기다렸다. 이윽고 집집마다 문이 닫히고 거리가 조용해지면 한 가지 생각에 골몰해서 턱을 괴고 앉아서는 일생의 절반을 거리에서 지내는 사람처럼 거리낌 없이 자기의 슬픔을 소리 높여 말하는 것이었다.

"집세는 밀리고, 이제는 빵집에서도 빵을 안 주는데 오늘도 돈을 안 가지고 돌아오면 어떻게 하지?"

그녀는 결국 돌아오지 않는 남편의 발소리를 기다리다 지쳐서 방으로 들어갔다. 그러나 이제 모든 것이 끝났다고 생각할 때 내 방 가까이에 있는 복도에서 기침 소리가 들렸다. 불쌍한 그녀는 걱정이 되어 다시 나와 어두운 거리를 유심히 살폈다. 하지만 거기에 있는 것은 그녀의 슬픔뿐이었다. 1시나 2시경, 때로는 더 늦게 골목 끝에서 노랫소리가 들렸다. 알튈이 돌아오는 것이었다. 그는 혼자가 아니라 친구까지 데리고 왔다.

"자! 들어오라니까!"

그는 집에서 무엇이 자기를 기다리고 있는지를 알기 때문에 집 앞에까지 와서도 선뜻 들어설 엄두가 나지 않는 모양이었다. 층계를 올라갈 때, 깊은 잠에 빠져 있는 조용한 집이 무거운 발소리에 울려 그를 거북하게 했다. 그는 남의 집 문 앞에 서서 큰 소리로 외쳤다.

"안녕하십니까, 웨벨 부인? 안녕하십니까, 마튜 부인?"

그러다가 아무 대답이 없으면 욕설을 퍼부어 대고, 마침내 창들이 열리며 자신을 비난하는 소리가 쏟아질 때까지 떠드는 것이었다. 그는 술이 취하면 소란을 피우고 싸움을 하고 싶어 했다. 이렇게 해서 의기양양해진 그는 화가 나 집에 돌아오면 두려움이 어느 정도 사라지는 모양이었다.

"문 열어! 나야!"

아내가 맨발로 걸어 나와 성냥불을 켜는 소리가 들렸다. 남편은 집 안에 들어서자마자 언제나 같은 소리를 외쳐댔다.

"친구……, 유혹……, 당신이 잘 알고 있는 그 녀석 말이야……. 철도에서 일하는 그 녀석……."

아내는 그런 말은 듣지도 않았다.

"그래, 돈은?"

"하나도 없어."

알튈이 대답했다.

"거짓말하지 마!"

사실 그는 거짓말을 하고 있었다. 비록 술에 취했

지만 월요일의 갈증을 해소하기 위해 언제나 약간의
돈을 남겨 두었다. 그녀가 그에게서 뺏으려는 것은
급료 중에서 남은 바로 그 돈이었지만 알튈은 펄펄
뛰었다.

"다 마셔 버렸다고 했잖아!"

그가 이렇게 외쳐대도 그녀는 아랑곳하지 않고 그
에게 달려들었다. 한참 뒤 돈이 굴러 떨어지는 소리
가 들리고, 아내가 승리의 웃음을 터뜨리며 또다시
그에게 달려드는 소리가 들렸다.

"자, 이것 봐!"

이윽고 욕설과 주먹질하는 소리가 들렸다. 주정뱅
이가 아내에게 복수를 하는 것이었다. 한번 때리기
시작하면 멈출 줄을 몰랐다. 아내는 고래고래 소리를
지르고, 좁은 방 안에 몇 개 남아 있던 마지막 가구
들이 산산조각 났다. 놀라서 잠이 깬 아이들이 무서
워서 울어댔다. 그러면 골목의 창이 몇 개 열리고 사
람들이 소리친다.

"알튈! 알튈 그 녀석이야!"

때때로 옆집에 사는 넝마장수인, 그의 늙은 장인이
딸의 편을 들기 위해 달려왔다. 그러나 알튈은 누구
의 방해도 받지 않기 위해 미리 문을 걸어 잠갔다.

열쇠 구멍을 통해 장인과 사위 사이에 무서운 말이 오갔다.

"나는 2년 동안 감옥에 있었어! 그게 어떻다는 거야? 나는 그걸로 내가 이 사회에 진 빚을 갚은 셈이야! 당신도 당신 몫을 갚아야 하지 않겠어?"

장인의 대답은 아주 간단했다.

"그래, 나는 도둑질을 했다. 그때 너희는 나를 감옥에 넣었잖아. 그러니 이제 서로 빚진 게 없는 것 아냐?"

그러나 장인이 이 말을 자꾸 되풀이할수록 알퇼은 참지 못하고 문을 열고 나와 장인과 장모, 이웃 사람들을 갈겨댔다. 그러나 그는 나쁜 사내가 아니었다. 난동을 부린 이튿날 일요일, 얌전해진 주정뱅이는 술 마실 돈이 하나도 없기 때문에 집에서 하루를 보내야 했다. 그가 방에서 의자를 가지고 나오면 웨벨 부인, 마튜 부인 등 아파트 사람들이 모두 나와 테라스에 자리를 잡고 잔소리를 시작했다. 그러면 알퇼은 부드러운 목소리로 말하며, 친절하고 상냥하게 굴었다.

그는 노동자의 권리라든지 자본가의 횡포에 대해 여기저기서 주워들은 사상을 늘어놓았다. 그럴 때면 전날 밤에 주먹다짐으로 온순해진 가엾은 아내는 감탄하며 그를 바라보았다. 감탄하는 것은 그녀뿐이 아니었다.

"정말 알튈 씨가 마음만 잡는다면……."

웨벨 부인도 감탄한 듯한 목소리로 한숨을 지으며 중얼거렸다. 그리고 아낙네들이 그에게 노래를 청하면 그는 베랑제의 〈제비들〉을 노래했다. 기름종이를 바른 곰팡이, 베란다 밑에 널린 넝마와 빨랫줄 사이로 푸른 하늘이 보였다.

그리고 이 부랑자는 이상에 굶주린 것 같은 눈물 젖은 눈으로 저 높은 곳을 바라보았다. 그러나 아무리 그러한 일이 있었다 해도 다음 토요일이 되면 알튈은 또다시 급료를 바닥내고 아내를 때렸다. 이 가난한 거리에는 아버지 나이가 되면 급료를 타서 몽땅 술을 마셔버리고, 아내를 때리는 꼬마 알튈들이 수없이 생겨난다. 그리고 이런 인간들이 사회를 지배하려 하고 있다.

"아! 이건 병폐야!"라는 골목 안 사람들의 말처럼.

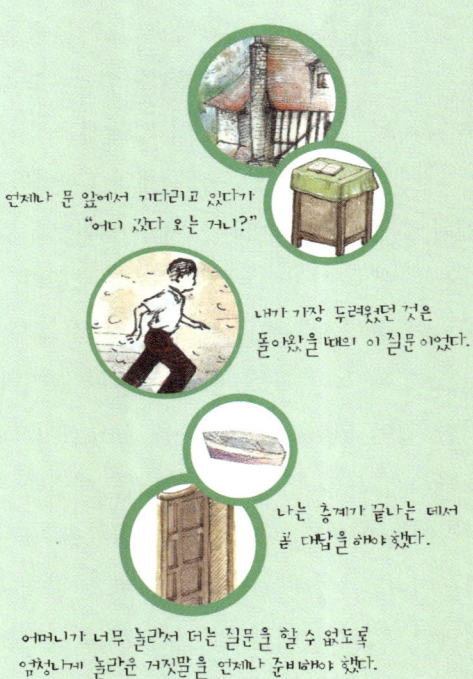

언제나 문 앞에서 기다리고 있다가
"어디 갔다 오는 거니?"

내가 가장 두려웠던 것은
돌아왔을 때의 이 질문이었다.

나는 총계가 끝나는 데서
곧 대답을 해야 했다.

어머니가 너무 놀라서 더는 질문을 할 수 없도록
엄청나게 놀라운 거짓말을 언제나 준비해야 했다.

교황님이
돌아가셨다

교황님이 돌아가셨다

나는 지방의 큰 도시에서 소
년 시절을 보냈다. 거리는
몹시 번잡했고, 쉴새없이
배들이 지나다니는 강이 가
로지르고 있었다. 나는 어
려서부터 이 강을 보며 여행
의 맛을 알았고, 배 위의 생활을
동경했다. 특히 작은 다리 근처에 있는 생 뱅상이라
는 부둣가는 지금 생각해도 가슴이 뛴다. 돛대 끝에
못으로 박아 놓은 '임대선박 코르네'라고 쓴 나무 간
판과 검은색의 작은 층계가 아직도 눈에 선하다. 사
다리 밑에는 밝은 색으로 새로 칠한 작은 배 몇 척이
줄지어 흔들리고 있었다. 배 뒤쪽에 흰 글씨로 쓰여

있는 '벌새'나 '제비'라는 아름다운 이름 때문인지
더욱 친근하게 느껴졌다.

그리고 하얀 빛의 긴 노 사이를 페인트 통과 큰 붓
을 들고 왔다 갔다 하는 코르네 할아버지의 모습도
떠오른다. 그의 얼굴은 햇볕에 그을려 검고 이마에는
잔주름이 골을 이루었다. 그는 내 소년 시절의 사탄
이었으며, 고통스러운 열정이며 죄와 후회의 근원이
었다. 그의 보트는 얼마나 나를 죄짓게 했던가! 학교
를 빼먹고 책도 팔아 버렸다. 배를 탈 수만 있다면
나는 무엇이든 팔아치웠을 것이다.

배 안에 공책을 내던지고, 윗도리
를 벗은 채 모자는 뒤로 돌려 쓰고,
서늘한 바람을 맞으며 힘차게 노를
저었다. 시내를 벗어나기 전에는 노
련한 뱃사람처럼 보이려고 양쪽 기
슭에서 멀리 떨어진 강 한복판을 저어 갔다. 작은 배
와 뗏목, 증기선이 나란히 지나가며 일으키는 한 줄
기 거품 사이를 비켜갈 만큼 나는 노련하게 노를 저
었다. 그 혼잡 속에 나도 한몫한다는 것이 얼마나 자
랑스러웠던가! 방향을 바꾸는 큰 배가 있으면 물결의
흐름을 따르기 위해 많은 배가 자리를 바꾸어야 했

다. 그때 증기선의 뒷바퀴가 내가 타고 있는 작은 배 가까이에서 커다란 물결을 일으켰다. 순간 무거운 그림자가 내 머리 위로 덮치는 것 같았다. 그것은 사과를 실은 배의 뱃머리였다.

"조심해, 꼬마야!"

누군가 소리쳤다.

강물 위의 크고 작은 다리에 의해 일상이 끊임없이 교차되는 배 위의 생활 속에 휘말려 땀 흘리고 몸부림치는 것이다. 게다가 다리 밑 험한 물결, 물 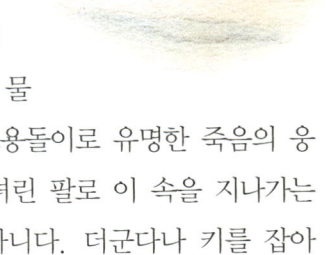 의 변화에 따른 역류와 소용돌이로 유명한 죽음의 웅덩이. 열두 살 소년의 가녀린 팔로 이 속을 지나가는 것은 여간 어려운 일이 아니다. 더군다나 키를 잡아 주는 사람조차 없었다.

운 좋게 예인선을 만나면 그 배의 끝머리에 붙어서 노를 날개처럼 뻗친다. 그러고는 양쪽 강기슭에 있는 나무나 집들이 소리 없이 뒤로 밀려가는 속도에 몸을 맡기는 것이다. 저 멀리에서는 추진기의 울림이 들리고, 낮은 굴뚝에서 가는 연기가 올라가는 예인선 위에서는 개가 짖어댄다. 이 모든 것이 긴 여로와 진정한 배 위 생활의 환상을 안겨 주는 것이다.

그러나 예인선을 만난다는 것은 극히 드문 일이다. 대개는 쨍쨍 내리쬐는 햇볕 속을 뚫고 노를 저어 가야 한다. 강 위로 직접 내리쬐는 한낮의 햇볕은 지금도 내 온몸을 태우는 것 같다. 모든 것이 불타는듯 빛났다. 눈을 감고 힘차게 노를 젓노라면, 때때로 나의 노력과 배 밑을 흐르는 물줄기의 힘에 의해 매우 빠른 속도로 달리고 있다는 것이 느껴진다. 그러나 얼굴을 들고 앞을 바라보면 언제나 나무 같은 벽이 강기슭에 서 있었다.

비록 무더위에 땀을 흘리고 몸을 심하게 그을렸지만 노력한 보람이 있어 마침내 도시에서 벗어날 수 있었다. 냉수욕을 하는 곳과 세척선, 승선소의 다리가 점점 멀어져 간다. 다리는 넓은 강기슭에 이따금 하나씩 있고, 교외 정원과 공장 굴뚝이 군데군데 그림자를 드리우고 있다. 저 멀리 물과 하늘이 겹치는 곳에서는 푸른 섬들이 흔들리는 것처럼 보인다. 피곤에 지칠 대로 지친 나는 붕붕거리는 벌레의 날개 소리가 들리는 갈대 사이로 배를 저어 갔다. 거기서 노랗고 큰 꽃잎이 흩어진 수면에서 올라오는 무더위와 뜨거운 태양에 시달린 나는 노련한 뱃사람임에도 몇 시간이고 코피를 흘리곤 했다. 이처럼 나의 배 여행은 언제나 같은 결말을 가져온다. 하지만 어쩔 수 없다. 나에게는 다른 어떤 것과도 바꿀 수 없는 기분 좋은 일이니까.

아무리 힘껏 노를 저어도 소용이 없다. 언제나 늦어서 수업은 이미 끝난 뒤였다. 해질무렵의 인상, 안개 속에 빛을 밝히는 가스 램프, 병사들의 귀영 나팔 소리 등 모든 것이 불안과 후회의 마음을 더해 준다. 집으로 돌아가는 사람들이 부러울 뿐이었다. 나는 햇빛과 물로 가득 찬 무거운 머리를 움켜잡고 달려간다. 귓속에서 조개껍데기의 윙윙거리는 소리가 들려오는 듯했다. 그리고 이제부터 둘러댈 변명을 생각하느라 얼굴이 붉어져 있었다.

언제나 문 앞에서 기다리고 있다가 '어디 갔다 오는 거니?' 하는 어머니의 무서운 질문에 똑바로 대답

하기 위해서는 거짓말이 필요했기 때문이다. 내가 가장 두려웠던 것은 돌아왔을 때의 이 질문이었다. 나는 층계가 끝나는 데서 곧 대답을 해야 했다. 어머니가 너무 놀라서 더는 질문을 할 수 없도록 엄청나게 놀라운 거짓말을 언제나 준비해야 했다. 그런 이야깃거리만 있으면 나는 무사히 안으로 들어가서 숨을 돌릴 수 있다. 나는 목적을 이루기 위해서는 어떠한 거짓말도 주저하지 않았다. 어떤 흉측한 사고라든지 아니면 여러 가지 무서운 이야기, 이를테면 거리의 한쪽이 다 타고 있다든지, 철교가 끊어져 강물 속으로 떨어졌다든지 어떤 이야기든 만들어 낸다. 그러나 내가 가장 심했다고 생각하는 거짓말은 바로 이런 이야기였다.

그날 밤도 나는 몹시 늦었다. 1시간 넘게 나를 기다리고 있던 어머니는 층계 위에 선 채 지켜보고 있다가 이렇게 소리를 질렀다.

"어디 갔다 오니?"

어린 내 머릿속에 얼마나 무서운 생각이 들었을까? 하지만 나는 너무 급히 오는 바람에 그때까지 아무

변명거리도 준비하지 못했고, 아무 생각도 나지 않았
다. 그러다가 문득 엉뚱한 생각이 떠올랐다. 나는 어
머니가 신앙심이 대단히 깊고 열렬한 가톨릭 교도임
을 알고 있었으므로 무척 격하게 숨을 헐떡이며 대답
했다.

"어머니, 큰일 났어요!"

"왜 그러니? 또 무슨 일이 일어났니?"

"교황님이 돌아가셨어요!"

"교황님이 돌아가셨다고?"

가엾게도 어머니는 이렇게 말하고는 얼굴이 창백해
져서 벽에 몸을 기댔다. 나는 생각보다 일이 너무 잘
되어가고 엄청난 거짓말을 한 것에 겁이 나서 재빨리
방으로 들어갔다. 그러나 나는 그 거짓말을 끝까지
밀고 갈 배짱이 있었다. 지금도 슬프고 조용했던 그

날 저녁이 생각난다. 침
통한 얼굴을 한 아버
지, 기운 없는 어머
니, 모두 테이블에
둘러앉아 작은 목소
리로 말하고 있었다.
나는 눈을 아래로 내

리깔고 있었다. 다행히 내가 어디서 뭘 하다가 늦었
는지는 슬픔 속에 가려 아무도 관심을 갖지 않았다.

　모두들 돌아가신 피오 9세의 덕행을 다투어 이야기
했다. 그리고 이야기는 점점 역대 교황 이야기로 옮
겨 갔다. 로즈 숙모는 피오 7세의 이야기를 했는데
헌병들의 호위를 받으며 마차를 타고 남프랑스를 지
나가는 것을 본 기억이 난다고 말했다.

　코미디앙테! 라지드앙테!라는 황제와의 유명한 장
면도 이야기했다. 그 무서운 광경을 언제나 같은 어
조, 같은 몸짓, 같은 말투로 이야기하는 것을 나는 아

마 수백 번도 더 들었을 것이다. 그것은 수도원 이야
기처럼 어처구니없었고, 지방 곳곳에 대대로 전해지
는 집안의 전설을 이야기할 때와 똑같은 말투였다.

　나는 일부러 한숨도 짓고 질문도 하며 흥미로운 듯
한 표정으로 이야기를 들었다. 그러면서 속으로는 끊
임없이 생각했다. '내일 아침 교황님이 돌아가시지
않았다는 것을 안다면 너무 기뻐서 아무도 나를 나무
라지 않을 거야.'

　이런 생각을 하는 사이에
스르르 눈이 감겼다. 그리고
더위 때문에 무겁게 처진 손
강기슭, 사방팔방으로 달리며
흐릿한 물 위를 마치 유리 자
르는 칼처럼 줄을 긋는 물거미의
긴 발, 환영과 같이 파랗게 칠한 작은 보트 꿈을 꾸
는 것이었다.

보니카 씨 댁에서는 25년 전부터
일요일에 조그만 파이를 먹는 습관이 있었다.

열두 시 정각, 어른, 아이가 모두
거실에 모여 있을 때

경쾌한 초인종 소리가 들려오면
동시에 이렇게 말한다.

"앗! 제과점에서 왔나 봐."

조그만 파이

조그만 파이

일요일 아침, 튀렌 가에 있는 제과점 주인 슈로는 파이를 배달하는 소년에게 일렀다.

"보니카 씨가 주문한 파이다. 갖다 주고 빨리 돌아오렴. 베르사유 정부군이 파리에 들어왔다더라."

정치가 무엇인지 전혀 모르는 소년은, 따끈한 파이를 접시에 담아 그것을 하얀 보자기에 싸서 머리 위에 얹고 보니카 씨가 사는 릴 생 루이를 향해 급히 떠났다. 날씨는 매우 상쾌했다. 5월의 밝은 태양 아래 라일락과 벚꽃이 만발한 계절이었다. 멀리 총소리가 들리고 길모퉁이에서 나팔소리가 울려오긴 했지만 그래도 오래 된 마레 가(街)는 평화로운 모습이었다.

마당에서 어린아이들이 춤을 추며 놀고, 문 앞에서 처녀들이 깃털 공치기 놀이를 하고 있었다. 맛있는

파이 냄새를 풍기며 인적
이 드문 거리를 달려가는
소년의 하얀 모자는 전쟁
이 일어난 이 아침에도 순
박한 휴일 기분을 내주었
다. 리보리 가(街)에서는

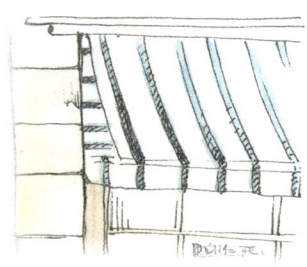

군인들이 대포를 끌어오고 바리케이드를 치느라고 무
척 소란했다. 한 발자국 건너마다 시민군들이 바삐
서두르고 있었다. 그러나 제과점 소년은 정신을 똑바
로 차렸다. 이런 꼬마들은 이미 혼잡스러운 거리를
걷는 데는 익숙해 있다. 축제날, 설날, 일요일 같은
때 가장 많이 달려야 했기 때문이다. 그러니 혁명 같
은 것에 놀라거나 두려워할 꼬마가 아니다.

조그만 하얀 모자가 군모와 총검 사이를 이리저리
뚫고, 어떤 때는 천천히 어떤 때는 재빨리 지나가는
모습은 보기에도 유쾌했다. 전쟁 같은 것이 그에게는
아무 상관도 없는 것이다. 오직 문제가 되는 것은 보
니카 씨 댁에 열두 시 정각에 도착하여, 대기실 테이
블 위에 놓인 팁을 빨리 가져오는 것이다.

갑자기 군중이 심하게 밀려들었다. 공화국의 고아
들이 노래하며 행진하고 있었던 것이다. 열두 살부터

열다섯 살까지의 소년들이다. 총을 메고 붉은 허리띠
에 긴 장화, 이렇게 병정 같은 옷을 입은 그들은 전
쟁 따위는 아랑곳하지 않았다. 그들은 사순절 전 화
요일에 종이 모자를 쓰고 기묘한 가장을 한 채 큰길
을 다니던 때처럼 오늘도 신이 나 있었다. 이러한 혼
잡한 인파 속에서 제과점 소년은 몸의 균형을 잡기가
힘들었지만 길 한복판에서 어찌나 재주를 많이 부렸
는지 조그만 파이는 안전했다. 그러나 행진하는 소년
들의 활기, 노래, 붉은 띠에 대한 감탄과 호기심이 이
소년의 마음을 사로잡았다. 멋진 대열을 따라 조금이

라도 걸어 보고 싶은 욕망이 생겼던 것이다. 그래서
소년은 자기도 모르게 시청을 지나고 릴 생 루이를
지나 먼지와 바람 속으로 어딘지 모르게 한없이 달려
갔다.

　보니카 씨 댁에서는 이십오 년 전부터 일요일에 조
그만 파이를 먹는 습관이 있었다. 열두 시 정각, 어
른과 아이가 모두 거실에 모여 경쾌한 초인종 소리가
들려오면 동시에 이렇게 말한다.
　"아! 제과점에서 왔나 봐."
　그러면 의자 끄는 소리, 옷 갈아입는 소리, 아이들
의 웃는 소리로 거실은 갑자기 떠들썩해진다. 행복한
이 부르주아 가족은 은접시에 먹음직스럽게 담아 놓
은 파이를 둘러싸고 앉는다.
　그러나 그날은 초인종이 울리지 않았다. 화가 난
보니카 씨는 왜가리 장식이 달린 괘종시계를 쳐다보
았다. 그 시계는 언제나 정확했다. 아이들은 제과점
소년이 나타나는 길모퉁이를 지켜보며 하품을 하고
있다. 이젠 이야기하는 데도 싫증이 났다.
　시계가 열두 번을 다 치고도 한참 지났으니 배는
더 고팠다. 무늬가 있는 식탁보 위에 번쩍이는 은접시

가 놓여 있고, 하얀 냅킨이 뾰족하게 접혀 있었지만 식당은 덩그러니 커 보이고 서글퍼 보이기까지 했다.

벌써 몇 번이나 늙은 가정부가 주인 귓전에 속삭였다. "고기가 탑니다. 완두콩이 너무 익었어요."

그러나 보니카 씨는 파이가 오지 않는 한 식탁에 앉지 않겠다고 고집을 부렸다.

제과점 주인 슈로에게 화가 머리끝까지 난 보니카 씨는 이렇게 늦는 이유를 직접 따지러 가야겠다고 작정했다.

그가 지팡이를 휘두르며 대문을 나서자 옆집 사람

들이 일러주었다.

"조심하세요, 보니카 씨. 드디어 베르사유 군이 파리까지 진격했대요."

그는 아무 소리도 들리지 않았다. 멀리 들리는 총소리도, 거리의 유리창을 울리는 대포 소리도 이미 그의 귀에는 들리지 않았다.

"그놈의 슈로, 나쁜 자식!"

그는 유리창과 접시가 떨리도록 호통을 치는 자기 모습을 떠올리고 있었다. 그러나 루이 필립 다리의 바리케이드는 그의 분노를 산산조각 냈다. 그곳에는 사나운 얼굴을 한 혁명군이 몇 명 길바닥에 주저앉아 쉬고 있었다.

"어디 가는 거요? 동무!"

그는 자세히 설명했다. 그러나 파이 이야기는 혁명군의 의심만 자아냈다. 더구나 보니카 씨는 일요일인데도 프록코트를 입고 금테 안경까지 끼고 있으니 어디로 보나 늙은 반동분자로 보일 뿐이다.

"이자는 스파이다. 리고에게 보내야겠어."

이 말에 네 사람의 병사가 그러지 않아도 바리케이드에 남아 있고 싶지 않은 판에 잘됐다고 나섰다. 그리고 이 억울해서 화가 치민 가련한 신사를 총대로 밀고 갔다.

어찌된 영문인지 그들은 반시간 뒤 정부군에 잡혀 긴 포로 대열에 끼어 베르사유로 향하게 되었다. 보니카 씨는 더욱 더 흥분하여 지팡이를 휘두르며 백 번도 더 자기 이야기를 했다. 그러나 불행히도 이 엄청난 전쟁 속에서 파이 이야기는 엉뚱하고 우스꽝스러울 뿐이어서 장교들은 그저 코웃음만 쳤다.

"알았소, 베르사유에 가서 얘기하시오."

포로 대열은 감시병 사이에 끼어 아직도 총탄 연기가 가득한 샹젤리제를 움직이기 시작했다.

포로는 다섯 사람씩 한 조를 이루어 걸었다. 서로 떨어지지 않도록 포로들을 팔짱을 끼어야만 했다. 먼지 나는 길을 지나가는 긴 포로 대열이 걷는 소리는 마치 소나기가 쏟아지는 것 같았다.

가련한 보니카 씨는 악몽을 꾸고 있는 듯했다. 땀을 흘리고 숨을 헐떡이며 공포와 피로에 지쳐 있었다. 그는 대열 맨 뒤에서 석유와 독주 냄새를 풍기는 늙은 마술사 사이에 끼어 있었다.

"과자 장수, 파이!"

수시로 그의 입에서 튀어나오는 이 말을 듣고 사람

들은 그를 미친 사람으로 생각했다.

사실 이 가련한 늙은이는 벌써부터 제정신이 아니었다. 올라가고 내려갈 때, 대열에 간격이 조금 생길 때마다 저 앞, 먼지 속에 슈로 제과점 소년의 흰 셔츠와 모자가 보이는 것이 아닌가! 그것도 한두 번이 아니고 열 번이나 보았다. 그 하얀 모자는 그를 놀리듯이 군복과 셔츠와 누더기 사이로 나타났다 사라졌다 하는 것이었다.

마침내 해가 질 무렵 그들은 베르사유에 도착했다. 옷이 마구 구겨지고 정신이 없어 보이는 이 안경 낀 부르주아를 보자 군중은 거물급 반역자로 간주했다.

"저게 페릭스 피아 아닌가? 아니야, 테레크뤼즈야."

경비병들은 그를 오랑주리 정원까지 무사히 데리고 가느라고 진땀을 흘려야 했다. 거기서 이 포로 대열은 흩어져 땅 위에 눕거나 숨을 돌릴 수 있었다. 잠자는 사람도 있고 욕설을 하는 사람도 있었다. 여기저기서 기침을 하고 또 한편에서는 울고 있었다. 보니카 씨는 잠도 자지 않고 울지도 않았다. 배고프고 창피하고 피곤에 지쳐서 층계에 앉아 두 손에 머리를 파묻고 있었다.

그는 머릿속에서 불행한 오늘 하루를 생각해 보았다. 집에서의 출발, 식구들의 불안, 아직도 자기를 기다리고 있을 식탁, 그리고 모욕과 욕설, 총개머리, 이 모든 것이 그놈의 정확하지 못한 과자장수 때문이다.

"보니카 씨! 여기 파이를 가져왔어요!"

그때 그의 옆에서 갑자기 자기를 부르는 소리가 들렸다. 고개를 번쩍 들자, 슈로 네 소년이 하얀 보자기에 감추었던 파이 접시를 내밀었다. 꼬마도 고아들과 함께 잡혀 왔던 것이다.

이리하여 폭동의 와중에 잡혀오긴 했지만 이날에도 다른 일요일과 마찬가지로 보니카 씨는 파이를 먹을 수 있었다.

옛 프랑스의 요정들은 다 어디 갔을까요?

그들은 모두 죽었습니다.
난 마지막 남은 요정입니다.

그들은 이미 다 죽고
나밖에 남지 않았습니다!

참으로 비통한 일입니다.

프랑스의
요정

프랑스의
요정

"피고, 일어나시오."

재판장이 말했다.

석유 방화범들의 좌석에
서 누군가 움직이는 듯하더

니 간신히 피고석 난간에 와 기대었다. 누더기와 천
조각, 끄나풀, 닳아빠진 조화, 낡은 깃털들이 한데 뭉
친 몸뚱이 위로 초췌하고 주름진 얼굴에 두 눈만이
반짝였다.

"이름은?"

"멜류진이요."

"뭐라고?"

그녀는 무거운 음성으로 되풀이한다.

"멜류진!"

기마병 대장 같은 콧수염을 한 재판장은 빙그레 웃더니 눈썹 하나 까딱하지 않고 계속한다.

"나이는?"

"모릅니다."

"직업은?"

"난 요정이오!"

　동시에 방청객은 물론 배심원들과 재판장까지도 폭소를 터뜨렸다. 그러나 그녀는 전혀 미동도 하지 않고 맑고 가느다란 목소리로 말을 이어나갔다. 그 목소리가 장내에 울려 퍼졌다.

"아! 프랑스의 요정들은 다 어디 갔을까요? 그들은 모두 죽었습니다. 난 마지막 남은 요정입니다. 그들은 이미 다 죽고 나밖에 남지 않았습니다! 참으로 비통한 일입니다. 프랑스는 요정들이 살아 있을 때가 훨씬 아름다웠지요. 우리는 이 나라의 시요, 신앙이요, 순수함과 젊음의 상징이었습니다. 우리가 살던 숲속의 정원, 샘물가의 돌, 오래 된 성탑, 안개 낀 연못 등은 모두 우리가 존재함으로써 매력이 있고 위대한 것이었습니다. 전설을 통해 사람들은 달빛 아래 우리의 넓은 치맛자락이 스쳐 지나가는 것을 보았고, 풀숲 위에서 우리의 발자취를 보았습니다. 농부들은 우리를 사랑했고 또 숭배했습니다.

순수한 상상은 진주관을 쓴 우리의 머리와 마술봉에 대해 존경심과 두려움을 느꼈습니다. 그래서 우리의 샘물은 언제나 맑았고, 수레바퀴도 우리가 지키는 길에는 들어오지를 못했습니다. 세상에서 가장 나이 많은 우리는 언제나 오래 된 것을 존경했습니다. 그래서 프랑스 땅은 이 끝에서 저 끝까지 산림이 우거지고 바윗돌은 저절로 무너져내릴 때까지 그대로 보존되었습니다.

그러나 세월은 변했습니다. 철도가 생기고 터널을 뚫으면서 연못을 메우고 산의 나무는 베어져 우리는 어디 한군데 몸 둘 곳이 없게 되었습니다. 농부들은 점점 우리를 믿지 않게 되었습니다. 저녁때 우리가 덧문을 두드려도 농부는 '바람 소리야.' 하고는 다시 잠들어 버렸습니다. 여자들은 우리가 사는 연못에 와서 빨래를 했습니다. 그 뒤부터 우리는 이곳에서 더이상 살 수가 없게 되었습니다. 우리는 사람들의 믿음 속에서만 살아왔기 때문에 그 믿음이 없어지자 힘

을 잃고 만 것입니다. 마술봉의 힘도 사라지고, 만물의 여왕이었던 우리는 주름살이 지고 사나운 할망구가 돼 버렸습니다. 얼마 동안 우리는 숲 속을 헤매며 죽은 나뭇가지를 긁어모으고 길가에 떨어진 나무열매를 주웠습니다. 그러나 산지기는 우리를 엄하게 다스리고, 농부들은 돌팔매질을 해댔습니다. 그래서 고향에서 먹을 수가 없게 되자, 생계가 막연한 가난한 사람들처럼 우리도 도시로 일을 구하러 갔습니다.

제사 공장에 취직을 하기도 하고, 겨울철 다리 옆에서 사과를 팔았으며, 성당 모퉁이에서 묵주를 팔기도 했습니다. 우리는 오렌지를 실은 손수레를 밀고 다니기도 하고 아무도 사 주지 않는 꽃송이를 길가는 행인 앞에 내밀기도 했습니다.  아이들은 우리의 떨리는 턱을 보고 비웃었습니다. 경찰관들에게 쫓기고 승합마차에 치여 쓰러지기도 했습니다. 그렇게 병들고 못 먹고 결국 양로원에서 죽어갔습니다. 이렇게 프랑스의 요정들을 모두 죽어갔습니다. 프랑스는 이제 그 벌을 받

고 있습니다.

　그렇습니다. 웃으셔도 좋습니다. 하지만 여러분은
요정이 없어진 나라가 어떻다는 것을 지금 보고 있습
니다. 우리를 비웃던 농부들은 프러시아 군에게 양식
을 주고 길까지 안내해 주었습니다. 농부들은 미신을
믿지 않게 되면서 또한 조국도 믿지 않게 되었던 것
입니다. 아! 우리가 있었더라면, 프랑스 땅에 들어온
독일 놈들은 한 명도 살아 돌아가지 못했을 겁니다.
우리의 도깨비불이 그들을 늪지로 유인하여 빠트려버
렸을 겁니다. 우리 이름이 달린 모든 샘물에 마약을

풀어 그들을 미치게 했을 겁니다. 교교한 달빛 아래
우리의 마법으로 길과 강을 알아보지 못하게 했을 겁
니다. 그들이 숲속을 지나갈 때 가시나무와 수풀을
얽어 놓아 절대로 길을 찾지 못하게 했을 겁니다. 농
부들도 우리와 함께 나섰을 겁니다. 우리 연못의 커
다란 꽃으로 상처를 낫게 하는 약을 만들고 거미줄로
탈지면을 만들었을 것입니다. 또 고향의 요정은 고향
의 숲과 길모퉁이의 추억으로 전쟁터에서 죽어 가는
병사들을 위로해 주었을 것입니다.

나라를 지키는 전쟁, 성스러운 전쟁은 이렇게 하는
겁니다. 그러나 슬프게도 믿음이 없는 나라, 요정이
없는 나라에서의 전쟁은 결코 승리할 수 없습니다."

여기서 가느다란 목소리는 잠시 끊어졌다. 재판장
이 입을 열었다.

"그런 얘기는 당신이 체포되
었을 때 석유를 가지고 무엇
을 하고 있었는지를 증명해
주지 못하오."

"난 파리를 불태우고 있
었습니다. 우리의 신비스
러운 샘물을 분석한답시고

그 속에 철분과 유황이 몇 퍼센트
들어 있는지나 알아보는 학자라는
인간들을 보낸 것이 파리지요. 또
파리는 연극이라는 것을 통해 우
리의 마술을 속임수와 조롱거리로
만들었지요. 어린아이들은 우리를
사랑하고 또 두려워했습니다. 그
런데 어른들은 그들에게 우리 얘기를 쓴 아름다운 책
을 주지 않고 과학 책을 주었습니다. 그 책에는 학문
이란 명목의 권태가 먼지처럼 피어올라 아이들의 초
롱초롱한 눈에서 마술의 궁전, 마술 거울을 지워 버
렸습니다. 아! 그래요. 나는 파리가 불타는 것을 보고
기뻤습니다. 불을 지른 여인들의 통에 내가 석유를
부어주었습니다. 자, 가서 태워라, 태워. 태워!"

"이 늙은이가 아주 미쳤군!"

재판장이 소리쳤다.

"피고를 끌어내시오!"

나는 이 밤의 가로수 길에
혼자서 추위에 떨며 서 있었다.

그때 누군가가 말했다.

"8호 막사로 가 보시오.
음악회가 있답니다."

나는 그곳으로 갔다.

8호 막차의
음악회

마레와 생 탕투안 교외의
모든 대대는 그날 밤 도메닐
거리의 막사에서 야영을 했다.
사흘 전부터 듀크로 장군의
예비 부대가 상비니 언덕에서
전투 중이었다.

도시 외곽의 대로에서 야영하는 것처럼 처량한 일
은 없을 것이다. 공장의 굴뚝, 폐쇄된 정거장, 공사가
중단된 건축물, 몇몇 포도주 가게에서 비치는 등불만
이 보이는 침울한 거리, 11월의 꽁꽁 언 땅 위에 나
란히 세워진 널판지 막사는 춥고 음산했다. 잘 닫혀
지지 않는 창문, 항상 열려 있는 문, 바람 속에 나부
끼는 배의 등불처럼 그을음이 나는 등잔불, 이런 것

들로 인해 책을 읽을 수
도, 잠을 잘 수도, 앉
아 있을 수도 없었다.
몸을 따뜻하게 하기
위해 어린아이들 놀이
라도 해야 했다. 발을

구르고, 막사 주위를 뛰어 본
다. 전쟁터 바로 아래에서 하는 이런 비효율적이고
바보 같은 생활은 정말 부끄럽고 짜증나는 일이 아닐
수 없다. 특히 그날 밤에는 더 심했다. 대포 소리가
멈추기는 했으나 저 꼭대기에서 무서운 격전이 준비
되고 있다는 것을 느낄 수 있었다. 때때로 서치라이
트가 파리 쪽을 비추면 길가에 묵묵히 모여 있거나
거리를 메우고 걸어 올라가는 병사들이 보였다. 그들
은 트론 광장의 높은 기둥에 눌려 땅을 기어가는 것
처럼 보였다.

　나는 이 밤의 가로수 길에 혼자서 추위에 떨며 서
있었다. 그때 누군가가 말했다.

　"8호 막사로 가 보시오. 음악회가 있답니다."

　나는 그곳으로 갔다. 우리 부대에는 여러 막사가
있었다. 그런데 8호는 다른 곳보다 더 밝았고 사람들

도 훨씬 많았다. 총검 끝에 꽂은 촛불은 검은 연기를 피우며 모인 사람들의 얼굴을 비추고 있었다. 그들의 모습은 숙취와 추위, 피로와 수면 부족에 지친 우울한 노동자들과 같았다. 한쪽 구석에서 군대 식당에서 일하는 여자가 빈 병과 술잔이 흩어진 탁자 앞 의자에서 입을 벌린 채 잠들어 있었다.

아마추어 출연자들이 차례로 막사 한구석에 만들어 놓은 무대에 올라가 포즈를 취하고 노래하고 또 멜로드라마에서처럼 담요를 휘감고 나오기도 했다. 거리에서, 시끄러운 아이들 소리가 나는 노동자 촌에서, 매달아 놓은 새장에서, 또는 떠들썩한 가게에서 흔히 들을 수 있는 목쉰 소리가 들려왔다. 그런 목소리가 쟁기 소리, 망치 소리, 대패 소리와 함께 들려올 때는 그런 대로 듣기 좋았다. 그러나 여기 무대 위에서는 우스꽝스럽기만 했다. 처음에 나온 긴 수염의 기계공은 프롤레타리아의 고통을 노래했다.

"가련한 프롤레타리아…아…."

목에서 쥐어짜는 소리였다. 다음에는 졸고 있던 한 사람이 뛰어올라왔다. 〈불한당〉이라는 노래를 어찌나 느리고 지루하게 부르는지 마치 자장가를 듣는 것 같았다. 그가 노래를 읊조리고 있는 동안 구석에서 잠만

자고 있던 무리들의 코고는 소리가 들려왔다.

이때 번쩍하는 섬광이 판자 사이로 비치며 붉은 촛불이 순간 파란빛을 띠었다. 동시에 폭음이 울리며 막사가 진동했다. 뒤이어 또다른 폭음이 더 멀리 더 은은히 상비니 언덕으로부터 간헐적으로 들려 왔다. 다시 전쟁이 시작된 것이다.

그러나 아마추어 가수들은 전쟁 같은 건 염두에도 없다.

이 무대, 네 자루의 촛불이 군중의 연극 본능을 자극해 놓은 모양이다. 어서 노래가 끝나길 기다리는 모습, 서로 노래를 뺏어서 하는 모양이 볼만했다. 이제는 누구도 추위를 느끼지 않았다. 무대 위에 선 사람도, 거기서 내려오는 사람도, 또 목구멍까지 나오는 노래를 참으며 차례를 기다리는 사람도 모두 땀을 흘리며 얼굴이 벌겋게 달아 있었다. 그들의 눈은 생기를 띠었다. 자신감이 그들을 덥혀 주고 있는 것이다.

거리의 명물이었던 양탄자를 팔던 시인이 자작

시 〈에고이스트〉를 노래한다
고 했다. 그것은 '각자 자
기만을' 이라는 후렴구가
붙어 있었다. 그런데 이
시인은 발음에 결함이
있어 '각재 재기만을' 이
라고 노래했다. 이 노래는
전쟁터에 가는 것보다는 집안의
난로 옆에 남아 있기 좋아하는 배불뚝이 '부르주아'
를 풍자한 노래다. 나는 이 시인의 얼굴을 평생 잊지
못할 것 같다. 군모를 비스듬히 쓰고 모자 끈을 턱에
매고 한 마디 한 마디에 힘을 주어 노래하며 후렴 구
절을 우리에게 던지던 그 얼굴을.

"각재 재기만을, 각재 재기만을…."

그동안에도 대포 소리는 여전히 울리고 기관총 소
리가 뒤따라 들려왔다. 그 소리는 눈 속에서 추위에
죽어가는 부상병을 의미하며, 언 피바다 속 단말마의
고통을 의미하며, 어둠 속 사방에서 날아든 대포알은
검은 죽음의 그림자를 말해 주는 것이었다.

그런데도 8호 막사의 음악회는 여전히 계속되고 있
었다.

이제 음악회는 상스러운 농담으로 넘어갔다. 눈꺼풀이 밖으로 뒤집히고 코가 빨간 괴상한 늙은이가 무대 위에서 몸을 뒤틀고 있었다. 사람들은 발을 구르며 '브라보', '앙콜'을 연발한다. 남자들 사이에 오가는 음탕한 농담에 사람들의 얼굴이 밝아진다.

갑자기 식당 여자가 깨어나 군중 속에 끼어들어 남자들의 탐욕스런 눈초리를 받으며 몸을 비비꼬며 웃는다. 무대 위의 늙은이는 여전히 쉰 목소리로 〈하느님도 취해서〉를 노래하고 있었다.

나는 더 이상 참을 수 없어 밖으로 나왔다. 잠시 후면 내가 보초서는 시간이 곧 돌아온다. 그러나 어쩔 수가 없다! 내게는 지금 넓은 공간과 신선한 공기가 필요하다. 꽤 긴 시간 똑바로 걸어간 나는 센 강에 이르렀다. 강물은 달빛 아래 검은 빛으로 출렁거렸다. 강가에는 인적이 없었다. 대포의 섬광이 도시 주위에서 번쩍이고, 언덕 여기저기에서 붉은 불꽃이 일어났다. 그때 가까이에서 다급하고 낮은 목소리가 차가운 공기를 가르며 뚜렷이 들려

왔다. 숨을 헐떡이며 서로를 격려
하는 소리였다.

"자! 끌어올려!"

다음 순간 모두들 힘을 모으
려고 하기 때문인지 말소리가 뚝
끊어졌다. 물가에 다가가 보니 불빛
에 희미하게 보이는 것은 다리에 걸린 포함을 끌어내
기 위해 분투하는 모습이었다. 강물의 움직임에 따라
흔들리는 등불, 해군 병사가 당기는 쇠사슬 소리 등
이 강물과 싸우고 있음을 증명해 주고 있었다. 힘을
내라, 작은 포함! 지체되는 것에 얼마나 애가 탔는지
화가 난 듯한 포함은 바퀴로 물을 마구 쳐서 거품이
일었다. 마침내 포함은 위대한 노력으로 겨우 앞으로
나가기 시작했다. 용감한 병사들! 포함은 다리 밑으
로 빠져나가자 곧바로 안개 속으로 돌진해 갔다. 그
들을 부르는 전쟁터를 향해!

"프랑스 만세!"

우레와 같이 큰 소리가 다리 밑으로 메아리쳤다.

아! 8호 막사의 음악회는 얼마나 딴 세상의 이야기
인가!

알퐁스 도데 (Alphonse Daudet 1840 ~1897) 프랑스의 소설가·극작가

도데는 1840년 프로방스의 님에서 견직물 제조업자의 아들로 태어났다. 1849년 아버지 사업이 어려워져 공장을 팔고 리옹으로 이사를 온 후 리옹의 고등중학교에 들어갔으나, 1857년 아버지의 사업이 망하는 바람에 도데는 대학 진학을 포기하고 알레스에 있는 중학교 사환으로 일했는데, 6개월 만에 해고된다. 불행한 그때의 경험이 자전적 소설인《꼬마 철학자 Le Petit Chose》의 소재가 된다.

1857년 형 에르네스트가 있는 파리로 가서 문학에 전념하며, 시집《연인들 Les Amoureuses》을 발표해 문단에 데뷔한다. 1860년 당시의 입법의회 의장 모르니 공작에게 재능을 인정받아 비서가 된다. 그 후 보헤미안 문단과 사교계 문인들과 교류를 시작하고, 이를 계기로 남프랑스의 시인 미스트랄르를 비롯하여 플로베르, 에밀 졸라, E.공쿠르, 투르게네프 등과 친교를 맺었으며, 1867년 1월에 작가인 쥘리아 알라르와 결혼한다. 이후 레옹과 뤼시앵이라는, 두 아들과 에드메라는 딸 하나를 낳고 아내 쥘리아와 파리에서 행복한 삶을 산다. 이후 친교를 맺은 문인들과 더불어 자연주의의 일파에 속했으나, 선천적으로 섬세한 시인 기질 때문에 시정(詩情)이 넘치는 유연한 문체로 불행한 사람들에 대한 연민과 고향 프로방스 지방에 대한 애착심을 주제로 한 소설들을 발표하여 성공을 거두었으며 그 후 인상주의적인 작품으로 부귀와 명성을 누렸다.

작품으로는 《방앗간 소식》《프티 쇼즈》《괘활한 타르타랭》《월요이야기》《젊은 프로몽과 형 리슬레르》《자크》《나바브》《뉘마 루메스탕》《전도사》《사포》《알프스의 타르타랭》《불후(不朽)의 사람》《타라스콩 항구》외 여러 소설들과, 수필집《파리의 30년》《한 문학자의 추억》이 있으며 회곡집《아를의 여인》은 유명한 음악가인 비제가 작곡을 해 더 유명해졌다.

국어과 선생님이 뽑은

한국 문학 읽기
한국고전읽기
세계문학읽기